黄志青

著

清泉集

陕西新华出版
太白文艺出版社·西安

图书在版编目（CIP）数据

清泉集 / 黄志青著. -- 西安：太白文艺出版社，
2025.8. -- ISBN 978-7-5513-2969-9

Ⅰ. I217.2

中国国家版本馆CIP数据核字第20252NR145号

清泉集
QINGQUAN JI

作　　者	黄志青
责任编辑	姚亚丽
封面设计	马　佳
出版发行	太白文艺出版社
经　　销	新华书店
印　　刷	三河市龙大印装有限公司
开　　本	880mm×1230mm　1/32
字　　数	138千字
印　　张	9.625
版　　次	2025年8月第1版
印　　次	2025年8月第1次印刷
书　　号	ISBN 978-7-5513-2969-9
定　　价	79.80元

清泉集

Qingquanji

序——关于清泉集   1

诗的价值   3

篇一 清泉   5
清泉   6
不再孤单——2019年同学聚会有感   7
思念   8
记忆的画卷   10
期许   11
静静睡一觉   12
荷   13
走过四季   17
圆梦·回忆清泉   18
雁归来——致30周年校庆   21
致过往——最美的青春年华   22
风吹过窗台   25
致我们逝去的青春（组诗）   28
突然间的想念   33
重温青春   36
一曲相思   39
伪装   43
梦里——赠黄志飞   46

梦中再见——赠李书— 47
生日——赠张莎 48
相思泪 49
提笔 50

人生的摇椅 83
逃 86
风中玫瑰 87
情书 88
时节的雨 90
感悟 91
生活 92
雨中旗袍 93
爱的真谛 94
你是谁 97
最美 99
生命的意义 102
有一种爱情 105
三生三世·十里桃花 110
人间烟火 114
寂寞的风 118
梦境 122
人生的摄影机 125

篇二 无题 51
无题（一） 52
无题（二） 53
无题（三） 54
无题（四） 55
无题（五） 56
无题（六） 57
无题（七） 58
无题（八） 59
无题——为什么? 60
新娘妆 62

篇三 悟 63
悟（一） 64
悟（二） 65
没流泪 67
向谁诉说 68
寻知己 69
活下去，就是一种修 71
无法跨越的距离 72
为了什么 73
人间冷暖 74
一个人的征程 75
缘灭缘生 77
沧桑 80
真实 81
思念纷飞如雨——致张单 82

篇四 舍下 129
禅意（一） 130
舍下 131
我在路上等你 132
禅意（二） 133

篇五 回忆 137
童年的记忆 138
遗忘 139
诗 140
怀念 142
总 143
梦之篇 144

就地过年·遥寄思念　146
思念的感觉　149
思乡　152

篇六　希望　155

长大了　156
人生是一场修行　157
女人的天空　158
黑夜——赠任铁卫　159
梦　160
劝君　162
都是星座惹的祸——赠小芳　163
倾望　164
孩子，我想对你说——赠任桐玉　166
对梦的追求　169
我们都要好好的　172
祝愿　174
这样的姿势　176
一眼万年——赠任铁卫　179
希望的力量　181
诗雨芬芳的由来　184
朋友，请你勇敢　188
人生没有如果　191
葱莲　194
风雨彩虹　195
孩子，你是否心怀梦想？　196

篇七　感恩　199

父亲节　200
朋友——赠艳丽　203
真情在我身边　204
铿锵玫瑰——赠志宏　206

我想——赠514舍友　207
向往　208
因为遇见——赠苏老师　209
你的光芒　210
朋友　送你一个四季——赠梁树坡　214
忆金马20周年——个人视角　215
父亲　节日快乐　218

篇八　痛　221

有一种痛叫失去　222
无言的爱情　223
放下　224
难受　225
折磨　226
爱恨痛　227
与爱有关　228
朦胧路　229
云烟　230
影子　231
痛的来源　232
所欠　233
隐痛　234
余痛　235
分手　236
沉睡的心　239

关于散文　243

篇九　回忆　245

童年　246

3

母亲　　　　　　　　249

父亲　　　　　　　　250

听说　　　　　　　　251

大桐树　　　　　　　253

被盗　　　　　　　　254

第一次做饭　　　　　255

给弟弟妹妹做饭　　　256

饭店老板娘　　　　　257

奢望　　　　　　　　258

如梦如烟　　　　　　259

篇十　爱的忧伤　　261

爱的缺口　　　　　　262

那个夜晚　　　　　　263

爱你是我难言的痛　　264

爱的祝福　　　　　　266

篇十一　生活感悟　267

心灵的宁静　　　　　268

自由的资本　　　　　269

母亲的身份　　　　　270

美丽的心情　　　　　271

勤能补拙　　　　　　272

做简单的自己　　　　273

闲逛　　　　　　　　274

回家的冲动　　　　　275

内心的谴责　　　　　277

转变　　　　　　　　280

人生没有如果　　　　281

靠无可靠　　　　　　282

悟　　　　　　　　　283

校景重现　　　　　　284

等待与沉思　　　　　285

希望　　　　　　　　286

为自己骄傲　　　　　287

角色　　　　　　　　288

想和做的距离　　　　289

相聚的时光　　　　　290

喜悦·中秋·国庆　　291

我想有个花园　　　　292

生命的姿态　　　　　293

岁月静好　　　　　　295

当你老了　　　　　　297

后记　　　　　　　299

序——关于清泉集

一

在四年前，有过出书的念头，后来因为父亲的反对，同时也想着再学习学习，提升一下自己，便暂时搁置。现在又有了这个念想，家人和朋友有支持我的、有反对我的，但是我先生全力支持，又给了我勇气。于是，我重新整理了稿件，联系了北京的朋友梁树坡先生，他帮我联系了知库的苏老师，沟通了相关事宜，最终达成合作！

二

我给苏老师写了一首诗《因为遇见你》，给朋友梁树坡写了一首诗《朋友，送你一个四季》，是真正发自内心的情感，也是一种感谢。感谢缘分，感谢我的这位朋友，感谢苏老师！因为有你们，《清泉集》才能如期面世！

三

之前的我犹如行进在黑暗里的独行者，你们如一盏明灯，如一缕春风，如夜空下的点点星光，指引着、温暖着、照亮着我……

四

《清泉集》承载着我小时候的记忆，对儿时纯真时光的怀念，对亲人的思念；承载着对学生时光的依依不舍，对青春的怀念。

五

想在人海里、众生中，获得肯定，得到支持和鼓励；写作应该持有淡泊明志、无欲无求的心境……这两种心理是不矛盾的，是相辅相成的，因为持

清泉集
Qingquanji

着淡泊明志和无欲无求的心境去写作，写出的文字，纯净如冰晶般晶莹剔透，或许会带着淡淡的忧伤，或许会带着浓郁的情感，那是注入的生命，那是其本身的色彩。也或许会直述个人的观点，那是内心情感直接的表达，是发自内心的呼唤，是一种心痛，是一种无能为力而又想做点什么，不然心有不甘，且自责愧疚的心态……

六

知己，我仍在寻找，或许即将找到，或许缘分没到，但我停不下脚步；我仍在寻找，在时光的每个路口，在四季的每个角落；我仍在寻找，也许一生无果，但我不想错过……

笔酣墨饱

诗
是深夜里为你亮着的那盏灯
是汗流满面洋溢着的幸福

诗
是漫漫人生路上的星星之光
是永不凋谢的花　默默无闻地吐露芬芳

诗
是经历坎坷　磨难
仍心怀希望　勇往直前

诗
是内心的知足
是生命的沉淀　升华　释放

诗的价值莫于此吗？
不是
肯定　不止如此
微小的我　内心在呐喊着
有人
在灯下　书桌前
仍在探索

篇一

清泉

我们汇成的清泉
毫无杂质
悄无声息
潺潺流淌

清泉

在熙熙攘攘的人世间
一直以为
自己是孤独的
单枪匹马驰骋于世间
直到昨日
方醒悟
才发现
我不是一个人
我们汇成的清泉
毫无杂质
悄无声息
潺潺流淌

不再孤单

—— 2019年同学聚会有感

不知何时起

不知何时灭

孤单如影随形

缘起缘灭

缘聚缘散

当发现清泉

不再孤单

世间最珍贵

莫过于拥有清泉

并珍惜着

篇一 清泉

7

思念

一

午夜梦回

校景重现

来自五湖四海的我们

在匆匆间

缘聚缘散

往回穿梭于每个记忆片段

源于共同经历的时光

源于心中的思念

2019 年 5 月 15 日

二

缘聚缘散

从别后

梦中

总会掀开记忆的门帘

你从远方悄悄走来

模糊逐渐 又逐渐清晰

我在此处等待

怎奈

时光不再

再相见

如同海市蜃楼

日日复日日

年年复年年

酿成思念

存于心田

2020 年 4 月 9 日

篇二 清泉

9

记忆的画卷

我们在人生路上奔跑，蓦然回首，让我频频
回望的是学生时代的美好时光，那份真，那
份纯，犹如清泉！

我

无法阻挡

时间的脚步

只好把思念存储

有时如电影般

在脑海中闪现

有时在梦里

校景重现

我

想把思念描摹成

一幅动态的画卷

藏于记忆深处

在那里

时光依旧

你我依旧

在那里

纯真依旧

开心依旧

2020 年 5 月 30 日

期许

心怀期许

疾驰在路上

看到山　近了

到了

在人群中搜索

不是　不是

终于

看见了熟悉的面孔

如水汇入大海

如候鸟南归

2020 年 5 月 1 日

篇二

清泉

11

静静睡一觉

累的时候

就静静睡一觉

把心中的污浊甩掉

跟纯洁拥抱

让心儿去青青世界遨游

不被世俗困扰

向快乐问好

去笑看人生

珍藏美好

困的时候

就静静睡一觉

把心中的烦恼甩掉

和快乐奔跑

让心儿去青青世界畅游

不让烦恼打扰

向幸福微笑

去珍惜人生

把握美好

2001 年 2 月

荷

一

圣洁如你

我轻轻地

向你走近

痴醉　沉迷

沉醉于你的美丽

二

如何成为你

我苦苦思索

也细细斟酌

却无结果

只愿

夜夜梦中成为你

高洁而美丽

三

我在你身旁

伴着旋律

轻舞飞扬

如痴如醉

爱你如我

篇一　清泉

四

此生的心愿

——来了

为你写诗

为你起舞

记录下你的美丽　我的身影

成全　埋藏在心中深深的夙愿

五

远观　近看

不一样的美丽

让人叹为观止的

是你的品格

六

我想成为即将成熟的莲子

或许　在来世可以真正圆满

也许还不能如愿

将会再去期待来世的来世

执着如我

七

我错了

竟然狠心将你摘下

自私的我　懊悔不已

怎么去做

才能　让你芬芳如初

生命得以延续

原罪的我

暗下决心

去修行

让生命可以置之死地而后生

望你等我　等我

八

我闯入了　你的世界

留恋徘徊　痴心依旧

迟迟不想离开

你是否能接纳我？

踌躇着　犹豫着

请勿驱赶我

请勿驱赶我

九

你知道吗？

知道我对你用情有多深

为了准确表达你的清丽脱俗

为了表现你的高贵品格

梦里

梦里　还在斟词酌句

十

我

不知道

这笨拙质朴的诗句

是否表达准确?

是否表达得恰如其分?

但这是　我

内心　最深处的话语

是我对你最深的敬意

十一

在梦里

我终于成了你

激动不已

心愿终了

不需要用诗句抒怀

也不再魂牵梦萦

2020年5月29日

走过四季

我们走过四季
频频回望　美好的记忆

我们走过四季
默默忘记　苦涩的甜蜜

我们走过四季
经受人生洗礼　展望明天的美丽

我们走过四季
漫步于田野
陶醉于淡淡的香气

我们走过四季
岁月如梭　沧桑在面庞刻下了痕迹

我们走过四季
相聚一堂　欢声笑语如坠入回忆

2019 年 12 月 10 日

篇一
清
泉

圆梦·回忆清泉

一

往事如昨

情景重现

梦里徘徊留恋

今日约定重游校园

旭园　教室　宿舍　商店

无不透露着改变

一如你我

不再是二十一年前的花季少女　少年

历经风霜　已沧海桑田

愿　直至

白发苍苍

情谊不变

二

抵达校区

下了一场说来就来的雨

雨中紫薇　喷泉　车棚

还有教学楼翻新的房顶

风在雨中淅淅沥沥地诉说着

你我

离开后的改变

三

五年的时光

驻留的记忆

点点滴滴

成线成面

成不朽的　珍贵的

值得珍藏的影像

四

悄悄地放于抽屉

待思念泛滥

触动了想你的弦

或　多年以后　坐在摇椅上

慢慢

慢慢回忆

往日云烟

五

一次次提笔

诉说着共同的心声

不怠不倦

皆因心中不灭的思念

如同喷泉

篇一
清泉

清泉集
Qingquanji

一去不复返的时光

独一无二

昨日的纯真年少　　天真烂漫

一如清泉

2021 年 7 月 11 日

雁归来

——致 30 周年校庆

雁归来

三十年的春华秋实

二十年的离别时光

母校的一声呼唤

五湖四海的学子们

齐聚一堂

续前缘

诉衷肠

聊改变

谈心事

谋大计

享欢乐时光

在思念母校时

在回忆往事时

心静之　情动之

泪流之　情涌之

源于思之　念之……

2023 年 6 月 10 日

篇一　清泉

21

致过往

——最美的青春年华

一

梦里的人

吹着温柔的风

在寻找一往情深

一阵寒风吹来

梦醒时分

回忆着人生路上

最美的风景

最美的曾经

二

蓦然回首

清醒的人

带着逃离的心

坐在回忆的船里

不再质疑人生

不再质疑曾经

三

放下的人

带着彻悟的心

写着致辞

遥看过往

致我们最美的青春年华

四

往日云烟

从未消散

在你我的心中

仿若珍宝

五

站在今日的你我

俯瞰着过往

曾

拥有过什么

失去过什么

曾

思过　笑过

痛过　哭过

那是我们

最纯真的模样

这一切的一切

将会在某个时刻

篇二

清泉

微笑着

圆满地画上句号

六

听着"过往"

写下我们曾经的青春年华

光阴似箭

回首间

已白头

岁月如美酒

绵长且醇厚

七

谁是我们生命的过客

谁曾陪我们走了一程

在回忆的瞬间

才明了

这是缘分所致

情深缘浅

才会轻轻擦肩

潇洒离去

2021 年 10 月 14 日

风吹过窗台

一

风吹过窗台

梦醒时分

提笔速写

相遇的种种

二

我无法阻挡这别离后的别离

只能

任思念慢慢堆积

夜里

风吹过窗台

思念与之同行

穿过黑暗

越过千山万水

去你去过的地方

寻你

一会儿南阳

一会儿深圳

一会儿去吃饭

一会儿去逛街

篇一 清泉

25

三

朋友

在生活的篇章里

我们扮演着自己的角色

忙得无暇分身

风吹过窗台

捎去的思念

能否在梦里

让我们相遇

来慰藉心中的思念

来缓解这二十年的别离之苦

四

风吹过窗台

夜深人静时

或思念泛滥时

涌上心头的苦涩里

又夹带着些许回忆的甜蜜

我们是人生的匆匆过客

随缘相遇

又匆匆间别离

在心中期许着

梦里相遇和现实中相遇的甜蜜

五
风吹过窗台

阵阵花香

阵阵风雨

坐在人生的摇椅上

慢慢品味人生　回忆

匆匆间，已阔别数年，提笔时，感慨万千，相处的点滴如电影般闪现于眼前……

2023 年 4 月 9 日

篇一
清泉

致我们逝去的青春（组诗）

青春的面庞

距二十二年前的相遇

还差五十三天

那些青涩的面庞

在二十二年后

已不复存在

都已刻下了岁月的痕迹

旭园　教室

宿舍　餐厅

还依稀有我们的身影

我们的欢声笑语

仿佛如昨

奋斗的影子

我从不相信

不劳而获

在父亲的嘱咐（我来济源干什么）下

一如一直坚信

精神富足的人生才是完美的人生

不管是在梦里

还是在回忆里

不管是在旭园

还是在校园的小径

都有我的身影

我努力进取的样子

还有你和她（他）

我们整个集体

为自己的人生拼搏奋斗的样子

也有在餐厅、宿舍嬉笑打闹和

在教室认真听课的样子

历历在目

清晰如昨

相遇

最美年华的相遇

初见如昨

如酿成的美酒

回味悠长

美好而值得珍藏

缘

是怎样的缘

让我们有幸相遇

在多年后的今日

篇二 清泉

仍思念惦记

是怎样的缘

让我们在最美的年华相遇

在回忆里

在梦里

思念无期

是前世修的缘

今生我们才得以相聚

最美的你我

随着时光的流逝

已尘封于记忆

追忆

追忆似水年华

青春如画

将你我的美丽定格于

校园的每一个角落

青春如歌

唱出我们年轻炙热的心声

青春如诗

畅游在诗的海洋

你我初次相遇

将谱写最美的诗篇

见证我们逝去的青春

致敬

人生若只如初见

你是否也依恋

时光里的美好？

是否也会沉醉其中？

我已将青春

匆匆书写成诗

若你愿意

我们一起

向逝去的青春致敬

收藏

化身成诗中的清风

追溯到最初的相遇

或　幻化成小鱼

在思念的海中

寻找奇迹

可缘散后的等待无期

篇一　清泉

清泉集
Qingquanji

相遇无期

无悔的青春
已被我收藏于诗集

定格
我将青春
定格于相遇的时光

你我依旧年轻
笑靥如花

2020 年 7 月

突然间的想念

一

分别后的你我
被生活填满　牵绊
多年无法相见
在流逝的时光中
已沧海桑田

二

微风吹拂着的柳条
见证着四季的变换

天空中的日月星辰
见证着岁月变迁

日日流逝的时光
改变着你我的容颜

是久别后的匆匆相见
相聚时谈笑风生　聊着最近的改变

是风吹寂寞后的思念
如一叶扁舟孤独地飘荡在海面

是梦回魂归的痴念
夜色阑珊前的梦圆

是疾驰在路上　心中　突然的想念
一个个片段在眼前闪现

三

在离别后　思念

在知识里　沉淀

在时光里　改变

在失望中　希冀

在希望中　奋进

在多年以后的某个瞬间

突然地想念

四

无情的时光

沉淀成岁月

缘聚缘散后

在重游校园时

在某个清晨梳妆时

在看青春剧时

在写回忆录时

会突然想念

最初的美好

五

日复一日

年复一年

直至白发苍苍

生命终结时

你是否才会

停止　　停止

无尽的想念……

2021 年 7 月 17 日

篇一 清泉

重温青春

一

旭园里的柳条

随风传达着思念

望着水面　亭阁　小桥

记忆如潮水般地涌来

时光里的青春

你我稚嫩年少

天真烂漫

如花般的女子

美丽羞涩

青春飞扬

二

我对青春说

年轻真好

青春笑而不语

许久许久

才明了

它就是我们

年轻的模样

三

在纯真时代里

一切

生活　学习　情感

是那么

简单　真挚　纯洁

如栩栩如生的一幅青春图画

你我

在追逐　奋进

在努力向上

在恣意挥洒

四

逝水年华

经岁月的沉淀

经沧桑的洗礼

依然珍贵

仿佛你我的

青春重现

站在今天的我们

畅想着

明天的你我

是否改变了模样

是否健康快乐

是否幸福美满

待冷风吹过

我好像清醒些许

篇二　清泉

37

刚刚

刚刚又在

重温

重温无悔的青春

五

你是否

也如我这般

在一瞬间

或某个刹那

在心中

在梦里

只要思念

你我演绎的青春

便会浮现于眼前

2020 年 9 月 2 日

一曲相思

一

一曲相思

回响于耳边

时光缓缓倒流

如薄雾笼罩着远方的山脉

如戴着面纱的少女

朦胧的回忆

清晰地浮现于眼前

二

一曲相思

唱尽思慕者的心声

谁的故事

没有相思

年少痴狂

爱得执着

趁夜深人静时

相思缓缓流着

别离后泛滥着

拼尽全力

爱着

傻傻的

痴痴的你我

篇一 清泉

三

是否

时过境迁

仍傻傻地笑着

与昨天的纯真

挥手别离

是否

沉浸于爱河

哭着　痛着

一杯　一杯

品着相思

风吹过

微笑着

脱胎换骨

幽梦成昨

四

痴而不悔

剔骨般地

痛彻痛悟过

相思之河

仍缓缓

流着

斗转星移

痴情的主角

一个个

仍在

表演着

五

一曲相思

心境澄明

梦醒后

岁月过

相思

已沉淀成美酒

在白发苍苍时

坐在摇椅上

独自小酌

篇

清泉

六

茫茫人海中的你我

谁不曾在相思河中

蹚过

上岸后

方醍醐灌顶

七

在缘分的安排下

相思花开

随风凋落

舞翩跹

归于尘

谱出一曲相思

2021 年 3 月 14 日

伪装

玫瑰在秋季凋谢

一如缘尽的别离

多年以后

在回忆或伤感时

一遍遍回味

故事里曾经的你我

谁伪装得更风轻云淡

背后的憔悴　　隐藏

谁爱得多些不是罪

只是太天真　　纯粹

冬雪纷飞

让人更向往情浓时的温暖

放手的潇洒　　分手的干脆

伪装的冷漠　　无所谓

心中的滋味

慢慢体会

春天的姹紫嫣红　开遍

是否让你忘了昨日种种

一切往事如烟

我伪装得释然　看淡

一如笑着祝你百年好合

转身后

不由自主地泪流满面

夏风如期而至

命中安排的缘

在某个午后

相见

彼此伪装得沉默寡言

玫瑰告白时

慌乱脱下伪装的外衣

悔时已晚

却又不甘

人生路上的缘

珍惜的　伪装的

抓住的　放下的

统统随风飘散

多年以后

十字路口相见

简单问候

是否安好

夜深人静时

卸下沉重的伪装

心底深处

仍感激

此生的相遇

2021年3月24日

篇二 清泉

梦里

——赠黄志飞

梦里

山茶花

洁白如雪

铺满了田野　山岗

乃至于远方的山脉

我们在散步　奔跑　谈心

在商量定制哪种样式的旗袍

在欣赏着天空变幻的云朵

梦里

思念蔓延

浸润着心扉

回望

是思念泛滥的果

是纯净如清泉般的时光

是紧紧抓住不想放手的往事

是静默于时光河流的花

是最美的往日云烟

是今生的珍藏

2023 年 12 月 10 日

梦中再见

——赠李书一

朋友
这是第几次
我们在梦中相遇

现实的你
近来可好
好想拥抱风一样拥抱你
好想拥有梦境般的不分离

书一　我的朋友
你看那炊烟　灯火　清风
你看那烟火　山脉　明月
拂晓时分 我们紧紧相拥
书一　我的朋友
再见
梦中再见

2023 年 12 月 10 日

篇一
清泉

生日

——赠张莎

这一天　期待已久

这一刻　盼望已久

随着钟声的敲响

一个生命降临到世上

日月反复轮回于此

一个偶然　一种缘分

因而结识

又是这一天

朋友

送上我真诚的祝福

送上我亲切的问候

生日快乐

相思泪

任思念蔓延

任相思闯入

心儿已乱

想你的日子总是失眠

没你的日子风雨陪伴

总是在梦里与你相会

梦里我们相互依偎

梦醒时分

满脸相思泪

篇一 清泉

提笔

提笔想起
恍如前世的记忆

在那个夜晚
或在那个清晨
思念缠绕上记忆的树

青葱岁月里的
一张张青涩的面庞
浮现于眼前（且行且看且随缘
且忘且忆且随风）

提笔回忆
往事已恍如云烟

无题

愿有一颗平常心
对待生活
人生美丽而快乐

无题（一）

生活

如此平淡

生命

如此平凡

日复一日

年复一年

又有什么

能弥补

生活中的缺憾

又有什么

能填充

生命中的空白

2003 年 1 月

无题（二）

为何不言不语

为什么

一切藏心底

伤心过往

随风而去

寻觅快乐

尘封记忆

2003 年 2 月

无题（三）

不知道

也无法预料

怎么面对

我苦苦思索

也细细斟酌

爱没有错

被爱又让我迷惑

2002 年 2 月

无题（四）

人生本如戏

何必太在意

匆匆来匆匆去

风尘仆仆一相聚

泪水盈盈又分离

得失随缘去

勉强无意义

2001 年 2 月

无题（五）

时光如梭
岁月匆匆过

有些日子
却尘封在
爱的抽屉

久久地
久久地
难以忘记

2003 年 2 月

无题（六）

细细品味
认真斟酌

日子
从指缝间
匆匆而过

原来
一切都是
缘来聚
缘去散

2003 年 2 月

无题（七）

没钱的日子

难过

没趣的日子

难挨

人生的意义

人生的色彩

何在

愿有一颗平常心

对待牛活

人生美丽而快乐

2004 年 2 月

无题（八）

什么都可以冲淡
什么都可以消失
最无情的是岁月

什么都可以忘记
什么都可以放弃
最难忘的是回忆

时光飞去
带走悲意
岁月流逝
载着回忆

珍惜自己
和快乐一起
把握自己
奋斗不息

无题

——为什么？

为什么岁月带不走它？

为什么心中依然牵挂？

为什么放不下，放不下？

每一次面对

让我心乱如麻

每一天面对

让我把眼泪挥洒

问天问地

值得吗？

坚强对我说

潇洒地走吧

不要被杂念所挂

自信对我说

从容地走吧

不要被无情吓得趴下

放下无情的它

清洗内心的杂念

随风而逝吧

无愧于心地面对

无怨无悔地走吧

快快乐乐地走吧

2001 年 2 月

新娘妆

我凝望着镜子

质疑　再质疑

那美得不可方物

似我　是我

如镜中月　水中花

2006 年 8 月

等春来冬去
花儿依然美丽

等流星划过
永恒驻心底

篇三

悟

悟（一）

一天

轻轻擦肩

走过瞬间

潇洒离去

也许天意

相逢匆匆

各奔西东

匆匆过客

何必在意

有缘自会相逢

有分就会相聚

一切随意

一切由他而去

2004 年 1 月

悟（二）

曾经
泪儿垂落

曾经
伤心难过

无须在意
无须哭泣

等冬来秋去
花儿飘零

等流星划过
只剩下自己

无须牵念

清泉集
Qingquanji

无须挂记

等春来冬去
花儿依然美丽

等流星划过
永恒驻心底

不必伤心
不必哭泣

任他随风而去
等时光匆匆流去
一切依旧美丽

2002 年 3 月

没流泪

我们手牵手一起飞

把心灵钥匙互换珍存

快乐时光似流水

一天

你把我的心灵钥匙还回

我静静的　好想流泪

却没流泪

因为是你不对

任你飞

静静等待心中的那一位

向谁诉说

夜里

我是如此寂寞

面对着墙

向谁诉说

心中的苦涩

夜里

我是如此孤单

面对着墙

向谁诉说

生活的烦琐

2004 年 1 月

寻知己

花开花落

时光如梭

独自在人世间　　活着

日出日落

生命如歌

独自在人海中　　穿梭

孤独

寂寞

常在空虚时　　侵袭我

泪水　　悲伤

常在心痛时

伴随我

心灵相通的人

何时遇着

内心曾无数次呼唤
知己何时来
我在痴痴等待
心灵的大门
已为你打开

知己何时来
我在遥遥无期地等待
含泪的眼眸
装满深深的期待

好想　好想
一起
面对风吹雨打
历经沧桑变化

2000 年 1 月

活下去，就是一种修炼

一

世俗的烦琐　　流言蜚语的横行

内心的苦　　无处宣泄

感觉好累　　好痛

坚强对我说　　活下去，就是一种修炼

世间的磨难　　闲言碎语的环绕

内心的苦涩　　无法言表

感觉好累　　好痛

理智对我说　　活下去，就是一种修炼

二

活着，我心向阳

我心向暖

活着，追光而生

沐光而行

2010 年 1 月

篇三　悟

无法跨越的距离

自我认为我们的距离很近

一直向你倾诉　宣泄着心事

安静的你　听着

我庆幸又感激　并感动着

直到你的失联

重新丈量了我们的距离

原来　一直上演着的是独角戏

可笑至极

我一直向你走近

却无法跨越这距离

迷雾散尽

才了悟

原来　这就是

无法跨越的距离

2008 年 2 月

为了什么

我在追逐着
为了什么？
为了生活

我在奔跑着
为了什么？
为了自由

我在奋斗着
为了什么？
为了幸福

我在努力着
为了什么？
为了无悔

2006 年 1 月

篇三 悟

人间冷暖

行走于世间
穿过春夏秋冬
伴着日月星辰
眺望山川河流

我　渺小如尘埃
经历着风雨
期盼着彩虹
渴望着
洒脱　精彩

我　生活在尘世间
穿过那重重迷雾
寻找希望之光

我　迈步在人生路上
面对着亦真亦幻的世界
品尝着
人间百味
感受着
人间冷暖

2021 年 6 月

一个人的征程

我想拨开那层层迷雾

却如在梦里般无力无助

辨不清方向

四处皆是花草树木

有许多小径

不知哪一条是出路

静思顿悟

仿佛听到风吹树叶的沙沙声

仿佛又听到远处传来的哗哗声

也许是小溪

我寻着　走着

倾听　近了

直到看着溪水

凝望着那水的尽头的山脉

心中的希望点燃了

慢慢地

蹚着潺潺流水

走到山脚下

稍憩

前行

步步艰辛

无心看风景

荆棘丛生

浓雾弥布

突然

感到痛

手脚皆磨出血泡

希望被不甘心点燃

直至山顶

看到了久违的阳光

已拨开那层层迷雾

不再如梦里般无力无助

2020 年 11 月

缘灭缘生

风吹散了云
慢慢散尽的云
在哭泣　在怒吼
不甘于消失
最后
无力地归于平静

穷尽一生坚持的信仰啊
我最后的底线

黑与白
是与非
分不清界限

一如行走在
了无星光的黑夜
前路漫漫

风停了
雨也停了

凉凉的心

沉痛地陷入长眠

待百花盛开

芬芳沁之

或许会醒

或许会到永远

又或许只是在

等待缘分的降临

百年后

散尽的云

又重组成彩云

装扮着天空

我修身养性　　参悟　　修行

以更好的心态珍重你

做好了准备

接受暴风雨的考验

或许有人会嘲笑

或许有人会设陷阱

种种考验

随缘灭缘生

皆如云烟

终将会散

过程各有其不同

结局将会圆满

相信自己

坚持信仰

你听　你看

鲜花　掌声鼓励着我

勇往直前

2021年6月4日

沧桑

怎么才能掩饰

脸上的沧桑

化妆？

素颜主义的我

难以做到

心中又泛着深深的悲伤

因为　怎样都无法掩饰

我心中的沧桑

如同　无法阻挡

时光的流逝

渺小的我

只是在茫茫人海中随波逐流

张望着　迷茫着

希冀着　向往着

时光无情地流逝

我却还在思索

2021 年 7 月 2 日

真实

在荷的簇拥下　拍照
我将美丽定格于一张张照片
不喜欢化妆的我
为了更美丽
将一张漂亮的面具
描画到极致
你也许是我最美丽的衬托
但我更喜欢素颜的自己
因为　真实

2021 年 7 月 2 日

思念纷飞如雨

——致张单

不知苍天

让我们匆匆相遇又匆匆分离

是何深意

而我们又是如此无奈

愿相遇的时光

随着时间的流逝

酿成美酒

在白发苍苍时

在思念纷飞如雨时

走上回忆的阶梯

尽情想你

2022 年 7 月 4 日

人生的摇椅

一

从一曲相思辗转到忆清泉

从路边的一见钟情到收入囊中

从诗中回归于现实

从想象的空间

回归于生活

将百花齐放的梦中采摘的那束鲜花

配于字里行间

二

从远方的朦胧中走过来

我

伸出双手

紧紧拥抱

山峰　　树林　　清泉

还有那热情洋溢的鲜花

芬芳

直至鼻尖

三

曾紧紧抓住青春的尾巴

无意中

从指缝间

悄悄流走

回眸一笑

空空如也

不作停留

从容地走着

山涧的一缕清风

抚摸着

我的脸颊

河畔的那轮明月

照耀于

84

心间

走吧
勇敢地走吧

累的时候
在人生的摇椅上
小憩片刻
如充电般恢复斗志

继续
继续
勇往直前

2021 年 3 月 25 日

篇三 悟

逃

放下所有的牵绊

去无人的旷野

蔚蓝的天

青色的草

任你驰骋

任你游荡

静享悠悠时光

2011 年 1 月 25 日

风中玫瑰

风问

为何有我

曰：万事万物皆有其生命的意义

风静静参悟数百年后

仍迷茫

看着摇曳的玫瑰

仍数百年如一日地修炼

2021 年 3 月

情书

一

朦胧时光里

曾收到一封情书

里面的告白

让我

忐忑　害怕

以致　优美的句子

没有心情

好好欣赏

时至今日

可以当成一篇优美的散文

与爱无关

静静欣赏

二

曾羡慕

别人

收到情书

最美时光里

爱无法抑制

也无法向前

在梦里

情书折叠成小船

漂泊于海面

2020 年 6 月

时节的雨

是什么时节?
中伏
怪不得
这太阳
似烤炉

工作时
仿佛在桑拿房里度过
感觉到
身体的每个毛孔里
汗液源源不断地往外涌
似乎想去看看外面的世界
说它
却在顽皮地笑

喝水时
水入喉咙
一部分汗液
隐蔽出动
它又开始
顽皮地闹
没完没了

2020 年 6 月

感悟

窗外的几株月季
正在盛放
总想剪下
做成插花

天地万物
顺应自然

渺小且平凡的你我
在大浪淘沙中成长
在云起云落时感伤
在喜怒哀乐中
品味人生
在朝暮的缝隙中
挤出时光
在海阔天空里
展翅翱翔

2021 年 6 月

生活

大千世界
你我皆是过客
在有限的生命里
努力实现
树立的目标

在白发苍苍时
也许会说
此生足矣
此生无悔

我们中有你
树木中有松
生活中
有细水长流
平凡的世界
也有勇士

2020 年 6 月

雨中旗袍

听说
旗袍的寓意
是旗开得胜

昨日
下着绵绵细雨
一位母亲穿着旗袍
撑着伞
在雨中等待
儿子的凯旋

2021 年 8 月 10 日

篇三 悟

爱的真谛

一

听说

爱是成全

得到是爱

放手亦是爱

为何青春里痴情的你我

不明白

执着地

认为爱需告白

爱是追求

爱是拥有

爱是直接的表达

深沉的爱

无私的爱

却是只要所爱之人幸福

不打扰

默默注视

华丽转身

波澜不惊

蜕去青涩

走向成熟

多年后的你我

才明了

爱的真谛

二

爱是缘分的降临

不期而遇

爱是长情相伴

执着相守

爱是不虚伪

真挚表达

爱是抓住

亦是放手

爱是心甘情愿

深陷其中

爱是漫长路

永不停步

三

爱是极光

随缘而遇

爱是深情凝视

心有灵犀

爱是牵手一生

共沐风雨

爱是永生花

生生不息

爱是最美的烟火

最美的风景

爱是只可意会

无法言传

爱是生生世世

永不磨灭

四

一部又一部的作品

演绎着刻骨铭心

荡气回肠的爱情故事

爱如同烟火

绚丽绽放于夜空

最终陨落人间

回归于平淡的生活

终悟爱的真谛

2021 年 5 月 24 日

你是谁

一
你
被淹没于质疑和诋毁中
小心翼翼走在路上
火眼金睛般盯着这人来人往
分不清　是敌是友
只知
应看清当下的路
坑多沟多
勿入

昨日的友
昨日的敌
看见的昨日之人
已换了模样

一个个
如戴着面具般行走于世间

担心

自己渐渐淹没

警惕着

清醒着

努力着

二

一个不会游泳的人

在海中奋力求生

不知不觉

学会了游泳

告别了

海

只因喝了海水方知咸

棋逢对手方成长

2020 年 1 月

最美

一

最美的是那不被辜负的韶华
深深封存于心中

最美的是那内心的善良
如盛开之花 让人可敬

最美的是那熠熠生辉的品格
经得起人性的考验
耐得住岁月的沉淀

二

最美的是百花争奇斗艳的场面
最美的是父母挥汗、微笑的样子
最美的是老师传道授业解惑的样子
最美的是孩子们认真聆听、努力进取的样子
最美的是我们在工作时兢兢业业的样子
最美的是奋斗在一线的勇士
面对生死时无畏无惧的样子

三

最美的瞬间

在眼前

在身后

在不为人知的角落

在平凡的岗位上

最美的时刻

在光鲜的时候

在努力的时候

在默默无闻付出的时候

最美的花

无人察觉

却已

处处绽开处处留香

四

一直以为

化新娘妆的时刻

最美

却忽略了生活中
最美的瞬间
最美的时刻

美不在于着装
而在于眼中的清澈

美不在于装扮
而在于蕙心兰质

美不在于貌相
而在于品格

2020年10月8日

生命的意义

一

我们

在人生路上

回望 思索

是历经风雨后

收获阅历

反思 悔悟

整装待发

是忽然间

体会到

身为父母后的滋味

心痛 心酸

去把握当下

报答孝敬父母

是尝尽人间百味

体验人间冷暖后

蜕变 升华

以最美的姿态
活出精彩

二
你我
皆渺小
如草木
经历春秋冬夏　风吹雨打
如海水
经历一波又一波浪花的拍打

如梦再美
也必须醒

生活再累
也要勇敢面对
但
可以适当调整
适时减压

你
或许在瞬间
已发现

篇三
悟

生命的意义

如此平凡　可贵

或许

你还在迷茫　困惑

仍需历练

方知　其意义

三

回归于现实的平淡

我们

足够幸福

面对生活的考验

我们敢于应战

因为

你我皆是

勇者

用平凡的举动

书写奇迹

书写生命的意义

2020 年 7 月 23 日

有一种爱情

一

世间

有一种爱情

是当有个人

如一道光

在生命里出现后

此生

不愿再将就

拼搏努力

多年后

站在一个制高点

聚光灯下

你发现

我依然

在茫茫人海中

等待

也准备

在芸芸众生中

痴痴寻你

二

世间

有一种爱情

是自你不告而别后

心门封闭

再相见

如点燃

希望之光

慢慢复苏

重新复活

告白遭拒后

心如死灰

你的挣扎

如星星之光

再次点燃

充满勇气

小心翼翼

互相磨合

误会渐失

情至深处

三

世间

有一种爱情

是非你不可

分离

只是上天对我们

短暂的考验

擦肩

心潮澎湃

相顾无言

等待

让彼此的心

明了

此生

非你不可

在街角的咖啡店

一次匆匆相见

情深却无言

心痛后

方知

真的

真的

非你不可

四

世间

有一种爱情

是包容

你的种种缺点

小心呵护

轻轻

顺其自然

把所爱之人

放在心尖

五

世间

有一种爱情

是清晨站在荷边

透过光影交错的温暖

看见远处的你

深情地向我走来

紧紧相拥

执手

看最美的风景

六

世间

有一种爱情

是执子之手

与子偕老

轰轰烈烈后

回归生活

甘于平淡

细水长流

柴米油盐

2020 年 10 月 15 日

篇三

悟

三生三世·十里桃花

一

月色朦胧

饮桃花酿

似乘风归去

欲醉欲仙

是数万年的蛰伏

是情深似海

雾气朦胧

仙气缭绕

前世相逢

金莲转世

坎坷路

情节至

凡间遇

淡忘前尘

平凡夫妻

相濡以沫

结界破

风云起又落

缘于上神劫

只因是劫

相忘旧梦

缘起缘落

十里桃花逢

施展迷魂术

洞庭遇

泪眼蒙眬

情难自抑

冥冥之中

情定三生

漫长情路

历经种种

风雨度

方知君意

生死劫

魂魄缓缓归矣

篇三
悟

111

异象出

十里桃花聚

细诉相思意

浅浅时光

岁月悠悠

情意绵长

二

再相遇

已失去记忆

一如凡人

因缘际会

两颗心

依然

深深吸引

日出而作

日落而息

细水长流的时光

在指间流逝

劫后重生的你

选择淡忘前尘往事

浅浅逍遥如前

失去的忘记的

在结魄灯打碎的那刻

统统想起

一路走来之坎坷

情之所钟

无法预料的劫

接踵而之

才知

情根深种

风雨飘摇

心空如也

浅浅一笑

十里桃花

纷纷起舞

佳偶天成

情定三生

2020 年 9 月 24 日

人间烟火

一

叶子

依依不舍

想

看一眼

再看最后一眼

那人声鼎沸处的

人间烟火

然后

选择

与轻风共飞舞

洋洋洒洒地落下

回归于尘土

或与狂风相伴

卷起千层浪

掷于千里之外

决绝地

流浪于他乡

当你看见

人间烟火

流浪的人啊

是否

是否

还会想起

你的故乡

二

是谁

铺排了

漫山遍野

红似火的风景

泼墨成

人间烟火

是谁

谱写了

一首首

动人心弦的曲子

歌唱

人间烟火

是谁

鞠躬尽瘁

不辞辛劳

在工作战线上

冲锋在前

发光发热

绽放着

最美的人间烟火

三

终其一生

洗尽铅华

放下

心中的束缚

自由自在

回归于

人间烟火处

四

化作风

化作雨

化作花

化作叶

真身

仍是你

自问

为何胆怯

请你

如荷般存于世间

自由勇敢地

书写人间烟火

2020 年 11 月 5 日

寂寞的风

一

寂寞的风
吹着调皮的云
追逐玩耍

寂寞的风
随着袅袅炊烟
回归至家园

寂寞的风
吹着心中的忧愁
飘荡　　不知去
向
何方

寂寞的风
吹着口哨
与枝梢的鸟儿
欢快地合奏

寂寞的风

护送着火车

平安抵达目的地

二

寂寞的风

吹拂着冰冷的面庞

试探着我的意志

不冷　　不冷

温暖

在心中

三

寂寞的风

抬头看看

起床的太阳

冉冉升起于东方

温暖又光芒万丈

照耀着万里长城

锦绣河山

篇三 悟

四

我

在考虑

是否该放下

却被

寂寞的风嘲笑着

无奈

小小的手掌

能握住的有限

指间流逝的太多

五

寂寞的风

与春夏秋冬

携手同行

不离不弃

我远远观望

羡慕不已

寻找

一生的知己

不知在何时何地

才能相遇

六

寂寞的风

委屈地凝望着我

后知后觉

才明了

一路上的陪伴

嘘寒问暖

一直是你

默默无语

我们是风儿和沙

愿为其放下

世间繁华

浪迹天涯

2021 年 1 月 25 日

梦境

一

你　我

在时光里静静沉默

直至天地变色

梦境中

时而微笑

仿佛沉浸在美好时光里

不能自拔

时而哭泣

似陷入恐惧

害怕得哽咽

时而静默

似那静开于荒漠的花

低调　孤独　惊艳

时而随性

似荷叶般漂浮于水中

似浮萍般漂荡于世间

似梦境般自由穿梭于古今

见到了万古流芳的女政治家
孝庄　众星捧月
站在那引人注目的
万人中央

见到了心心念念
因时光错过的才女
还是那般清雅　流光溢彩
用其一生
书写出
无法超越的人间四月天

二
在梦里
我
踩在云端
俯瞰渺小的人间
与日月星辰相伴
在春夏秋冬里淘沙
岁岁年年

在梦里
我
飞檐走壁
随心而往
自由驰骋

在梦里

我

还是少年

依偎于父母身边

不用再时常思念

在梦里

时光

春花秋月

我

珍爱地

捧于手心

怎奈

梦

如镜中月

水中花

遇日光而破

终

回归于现实

2021 年 2 月 7 日

人生的摄影机

孩提时
总以为
电视上播放的影片
是生活中隐藏的摄影机
录制的生活缩影

长大以后
发现自己的以为
多么天真

而现在
却认为
生活中确实有
人生的摄影机
只是因为
其无形
未被察觉
认真思虑后
浅薄地认为
是良知
是品格

是清澈之心
是最基本的道德底线

纵观现实
我认为
关于人生
关于生存
关于生活
关于梦想
都可以成为摄影的主题

而心中的那杆秤
在默默丈量
怎么做
怎样做
才能守住最基本的道德底线?
才能无愧于那颗清澈之心?

在物欲横流的世界里
有人迷失于浓雾
有人在路的分岔口迷茫

有人选择了无所不能的金钱

也有人坚守着自己的原则

不肯逾越道德的红线

有人在逃离

有人在坐井观天

有人在随波逐流

也有人出淤泥而不染

勇往直前　积极奋斗

我们都有权利

选择自己的人生

只是那无形的摄影机

在默默录着

直至生命终结

在最后一刻

能无悔

能无愧于心

便是人生的圆满

2020 年 8 月 6 日

舍下
一心清修
无牵无挂

篇四

舍下

禅意（一）

万物皆为空

万象皆为幻

幻由心生

境由心造

来世一遭

顺心顺缘

顺其自然

只因

来去匆匆

皆空空

最终

一切终必

终必成空

2016 年 1 月

舍下

舍下世事的繁华

舍下世俗的纷争

舍下心中的牵挂

舍下世间的富贵荣华

舍下世俗的烦恼

舍下对爱的牵挂

舍下

一心清静

一身潇洒

舍下

一心清修

无牵无挂

2016 年 1 月

我在路上等你

我在路上等你
等你放下心中的埋怨
等你放下心中的执念

我在路上等你
不管度过几个春秋
不管日月怎样变换

我在路上等你
等你与我一起经历风吹雨打
欣赏沧桑变化
等你对我说：执子之手 与子偕老

2014 年 2 月

禅意（二）

一

站在十字路口

观望

车来车往

缘起缘落

是谁在

随波逐流

又是谁在思考

何去何从

二

我本是

沧海一粟

匆匆几十载

赤条条来

终究赤条条而去

黄沙将掩埋

所有的过往

三

淡泊

沧海一声笑

名利

激起千层浪

是云在青天水在瓶

是人在世间鸟于空

四

在佛前

静静参悟

从孩提

到满脸沧桑

是路

是缘

亦是命

来世一遭

淡如菊

静如荷

五

佛曰

放下是解脱

我曰

紧紧抓住是努力　拼搏

伏案挑战

静候那刻

洋溢着胜利的微笑

将是暂时的收获

六

降落

揉着惺忪的眼

睁开

看着

美妙的世界

缤纷多彩

从一处

跌到另一处的成长

眼睛里充满清明

闪耀着星光

是坚持

是热爱

是珍惜

是希望

前进　　前进

昨日鞭策着今日

抓不住的

时光啊

在静静流淌

无奈的我

静静观赏

任时光

挥洒出精彩的人生画卷

2021 年 8 月 27 日

篇五

回忆

那一寸一寸的时光
伴着点点滴滴的爱
至今铭刻于心间
并温暖着我们

童年的记忆

随着时间的推移

无法忘记的是

童年的天真　烂漫　自由

有的渐渐模糊

有的依然清晰如昨

无法忘记的是童年的美好

每当暮色降临

姐弟妹三人并排坐

点亮灯　开着门

期盼父母辛苦劳动后的归来

那一寸一寸的时光

伴着点点滴滴的爱

至今铭刻于心间

并温暖着我们

2016 年 2 月

遗忘

回忆的门　总想关上

多事的风　还是会敲响

回忆的伤　总想隐藏

多事的风　还是会翻开

回忆的心　总想遗忘

多事的风　还是会触碰

真的好想遗忘

想彻底地遗忘　却难遗忘

至少　学会了坚强

篇五　回忆

诗

一

诗

不知如何写好

只是在写心中所想

发心中所发

宣泄着心情

诗

不知如何写好

只是在回首往事时

记忆的抽屉里

记录着生活的痕迹

诗

不知如何写好

只是想在浮华褪尽时

虚幻的空间里

记录下真实

二

诗

是显现的表达

是感情的抒发

诗

是心血的结晶

是智慧的凝聚

诗

是迟来的告白

是思念和爱的见证

诗

是感悟的方式

是缘聚缘散后

我们留下的一串串印记

诗

是遥不可及

也是唾手而得

是现实迈向梦的阶梯

诗

是圣洁的花　静静绽放

是对未来的美好憧憬和展望

2020 年 6 月

篇五　回忆

怀念

怀念

来不及再见您一面

您就悄然而去

心中充满深深的遗憾和歉意

往事如昨

历历在目

您的音容笑貌

您的慈祥和蔼

难以忘记

永存心底

2015 年 5 月

总

总
总是藏在
某个角落
不经意间想起

总会想起
挥之不去
什么时候能忘记

总会忘记
随着时间的推移
慢慢慢慢地从心中逝去

2010 年 2 月

梦之篇

梦之伤

谁　是谁

闯进了我的梦境

再现的场景

触及伤痛

梦中人儿

泪眼蒙眬

梦之碎

梦的气息里

仍残留着心痛

凛冽的寒风

吹过来

一遍遍

敲打着心门

梦之醒

清梦之风

猛烈地吹着

满枝丫的花瓣

决绝地飘向远方

梦之悟

你　我　还有

世间万物

再美好

也终归归于尘土

我心之念

清梦于心

顺其自然

一花一世界

一叶一菩提

梦之愿

我愿

往事如烟

每当想起或回忆时

淡然面对

我愿

梦中　　心中

所思所念之人

一路安好

　　因为思念，有时会从梦中惊醒，依依不舍；有时从梦中醒来后，泪流满面。因为我追不回时光，只能在往事里流浪，只能在梦中重温感动、温馨和离别的伤痛；因为时光的脚步在无声地走着，我们只能偶尔驻足，还须直面生活，努力工作。

　　往事如烟，时光的刻录机，已留下来过的痕迹！

篇五

回忆

2023 年 8 月 26 日

就地过年·遥寄思念

一

响应就地过年

亲人间

彼此牵挂

无法相见

视频聊天

看着父母苍老的面庞

好想伸手抚摸

那些沧桑留下的痕迹

却无法跨越

近在咫尺的距离

二

午夜梦回

心盼 魂归

穿过黑暗

瞬移千里

已至

怎奈

我怎么呼唤

无人听见

见家人安好

缓解了思念

拂晓

梦醒

三

响应就地过年

旅游的人去观景

蜿蜒盘旋的车队

拥挤的人群

喧宾夺主成了景中景

四

洋洋洒洒的雪花

你

要飘向何处

可否　稍等

可否

载上我的思念

再远行……

五

圣洁的雪花

造就了天地一色的美景

久违了的人们

沉醉其中

迟迟不肯去睡

贪恋　贪恋

即将消失的时刻

六

太阳

无声无息地滋润着万物

云也快乐自由地驰骋于

蔚蓝的天空

温暖的风

唤醒了一树一树的花开

当夜色渐浓

我

虔诚地

对着皎洁的月亮

遥寄心中的深深思念

2021年2月28日

思念的感觉

每个人的心底深处

都有最柔软的地方

那里存有

如清泉般的思念

不管

相距多么遥远

身居何处

彼此依然

深深思念

牛郎和织女

隔着银河

脉脉相望

待七夕

踏上鹊桥

轻轻相拥相聚

每当此时

天地间

便会下着蒙蒙细雨

是他们细细倾诉的话语

是泪落腮边的感动

是且行且珍惜的告别

是蝶恋花般的依依不舍

顾盼流连

缘起情生缘落情灭

匆匆地相见

也许能暂缓思念

也许会更加思念

如落叶须回归尘土

匆匆别

为了明年的相聚

无畏无惧

如磐石般坚定不移

如雕像般风雨守候

滚滚红尘中的你我

是否也会艳羡

这样情比金坚的爱情？

是否也会感动得

不能自已？

是否也会珍惜

生命中珍贵的情感？

在变幻莫测的世界里

在茫茫人海中

和心爱的人

相遇　相知

并彼此思念

是多么幸福

多么美好的事情

我们

应

心存感激

倍加珍惜

思念的感觉

2020 年 8 月 20 日

篇五

回忆

思乡

一

是在梦里

回到了故乡

那条小路

早已修成了水泥路

不再是坑坑洼洼

那一个个熟悉、尊敬的长辈

脸上洋溢着喜悦

还在门口聊天

那一户户邻居

仍和睦相处　幸福安康

又回到了儿时

和弟　妹　朋友

在一起的场景

和父母相聚的时光

二

昨晚

在梦里

又回到了故乡

那生我养我的地方

自问

一生有多长

为什么只有离开

才知你的重要　珍贵

为什么拥有时

不知你的美好

一如

成长后又想回到幼年

想拥有天真烂漫

无忧无虑

时光不会因为感动

而倒流

逝去的　失去的时光

那是故乡　你的曾经

活在当下

更应珍惜　现在你的拥有

不管岁月如何变迁

不管时光怎么流逝

你　永远是我的第一故乡

请相信我　故乡

你是我的眷恋

是心中深深的牵挂

期限是

永远　永远

三

故乡

梦里

回忆里

全是你的影子

迷茫了许久

才发现

我

对你的了解还不够

远远不如你赋予我的美好

故乡

请勿失望

我一定积极　努力

请相信我

相信你的子民

2020 年 8 月 26 日

希望

心怀希望
手持利剑
如海燕般勇敢
去迎接人生中的挑战
去经历黎明前漫漫长夜的黑暗

长大了

长大了
也渐渐变得沉默
喜欢一个人静静望着远方
心事也不再向他人诉说

长大了
也慢慢懂事了
知道与父母分担家务
心中的天空变得宽广

长大了
应该独立生活
寻找自己的人生坐标
才能知去路和方向

2003 年 8 月

人生是一场修行

如果说

生活是一场考验

那么

人生就是一场修行

历经坎坷

磨难　实属偶然

也是必然

前路漫漫

心怀希望

手持利剑

如海燕般勇敢

去迎接人生中的挑战

去经历黎明前漫漫长夜的黑暗

2020 年 5 月 31 日

女人的天空

女人的天空
是围绕着厨房的柴米油盐
是甘之如饴地引导孩子
茁壮成长　学会独立
是努力地兢兢业业地工作

女人的天空
如雨后彩虹般缤纷多彩
如大海般广阔无边
如苦苦修行般终成正果

2020 年 5 月

黑夜

——赠任铁卫

街上车来车往

没人注意我的模样

流浪的人

徘徊彷徨

不知回家的路在何方

冷冷的风　吹着

冷冷的人　走着

寻不到方向

一道曙光照亮

冰释了冷冷的面庞

阳光洒满心房

手牵手走向幸福的殿堂

2004 年 6 月

梦

遥望星空
寻找那颗最亮的星
寄托我的梦

眺望未来
寻觅自己的坐标
寄托我的梦

展开想象
寻思最美丽的文字
寄托我的梦

梦

绚丽多彩的梦
斑斓多姿的梦
遥不可及的梦
啊　心中的梦

梦
在我心中
恩情寄托于梦
等我报答
理想寄托于梦
等我实现
人生寄托于梦
等我创造
自己填充了梦
梦想成真

2001 年 1 月

劝 君

花谢花开独哀叹，
望旭观夕心怆然。
须珍须怜好时间，
莫忧今日苦与甜。
勤学苦练世事艰，
自习自爱莫等闲。
惜时无悔在人间，
世间正道等君践。

2002 年 8 月

都是星座惹的祸

—— 赠小芳

穿梭于每个星座

直视人生

对星座探究　发现

都是星座惹的祸

为自己的人生蹉跎

寻找了一个冠冕堂皇的理由和借口

都是星座惹的祸

但　忘乎所以的我

会改变

一如铿锵玫瑰般

独立　自信　坚强　担当

活出属于自己的芬芳

　　人生路上的每一次相遇，都是缘分所致。匆匆间，一次回眸、一次擦肩，都是前世所修的缘。愿探究在星座间的小芳，早日走出迷雾，摆脱星座的束缚，活出属于自己的芬芳！

2019 年 4 月

倾望

心中
隐藏着谦卑　　希望

也曾向往自由
似徜徉于花海里
轻舞飞扬

也曾有所奢望
却意外收获了
落叶般的从容
大树般的坚强

随着时光的流逝

仍在探究　倾望
因为我无法熄灭
心中的希望

也许春花会嘲笑
我的坚持
也许秋月会艳羡
我的恒心

不管岁月如何变迁
倾望
如同铿锵玫瑰般
绽放淡淡的光芒

2019 年 3 月

篇六　希望

孩子，我想对你说

——赠任桐玉

孩子　你看
天空中的风筝
拖曳着那长长的线
如同我对你深沉的爱

待你长大
将去远方
汲取知识
丰富阅历

愿你现在懂得
少壮不努力
老大徒伤悲

或许　你已发现
畅游在知识的海洋
也是其乐无穷

或许　你会发现
为了未来
将把握现在　此刻

孩子　为了无悔
为了自己
拼一把
冲刺一下

我相信你
相信你有潜力
心中在呐喊
儿子　加油

孩子　你是否能感觉到?
你是否感觉到了?

母亲　无时无刻不在期盼
已做好了鼓掌的动作
已准备好加油的口号
孩子　需要母亲喊出来吗?

孩子　努力吧
这是母亲心中深深的夙愿
孩子　你努力的样子最帅
加油
母亲相信你
一直都在相信

清泉集
Qingquanji

或许　在未来
你将平凡一生

但努力了
就无悔
就无愧于心

当我老了
你便如风筝一般
挣脱了线
自由翱翔

母亲唯愿
你
平安健康
自强不息
快乐一生

写于儿子考试前夕

2020 年 7 月

对梦的追求

一

向往你

需要勇气

问自己

是否已无畏无惧

远方的风雨

问自己

是否已充满信心　力量

去披荆斩棘

沉默是你的回答吗？

还是需时间去准备？

向往你

还需勇气

你是那天上月

遥不可及

我苦苦追求

也许此生的坚持　执着

能感化你

向往你

仍须努力

栉风沐雨

四季交替

经历人生洗礼

淡定修炼

心怀期许

也许是

重重考验

步步荆棘

也许会

伤痕累累

血迹斑斑

也许会

头破血流

奄奄一息

但　　对梦的追

求

矢志不移

经历岁月的锤炼

我

已拥有勇气

已充满

信心　力量

已无畏无惧

未来的风雨

二

你不是

在静静参悟

人生真谛

已把收获的点滴

铭刻于心间

你不是

在体验人间疾苦

品尝人间百味

已把自己的经历

编辑成诗集

你不是

在向往努力

苦苦追梦

期待信仰与你

咫尺之距

2020 年 9 月 17 日

篇六　希望

171

我们都要好好的

在一轮又一轮的暴风雨后
海燕仍勇敢地飞翔在海面上
即便是受伤　也无畏无惧

面对几百万雄兵
我们仍手握长枪披靡所向

在局中局的局中
难辨真假与是非
是一场考验心理素质的硬仗
勇气　信心　心态
你准备好了吗?
朋友　加油
我们一起努力

阳光总在风雨后

乌云消散后
将晴空万里

我们期待
我们争取
我们努力
因为
我们都要好好的
我们都会好好的

2022 年1月

篇六 希望

祝愿

窗前的花枝
在随风摇曳
漫天的风雪
白茫茫的世界
我
独行于世间
留下一串串脚印

挥着手
告别昨天的曾经　　过往
烟消云散
驻足停留
勇敢的人啊
请勇往直前
挥着手
告别昨天
时间的脚步
一直向前

人生的一站又一站
缘分安排的朋友
短聚后仓促地说
再见

随缘　惜缘

惜缘　随缘

往日云烟

点滴浮现

如瑰宝般

存于心田

在新年伊始

我把心中深深的思念

幻化成祝愿

随心随风

送到朋友　你的身边

一愿

风雨无忧　身体康健

二愿

万事顺遂　阖家欢乐

三愿

新年快乐　幸福安康

　　人的一生，在经历着一次又一次的考验，活在当下，你仍安好，是家人和朋友间最大的幸福，也是我最深深的祝愿。

　　朋友，无论何时何地，请你记得：身体是我们拥有一切的资本，是我们拥有幸福的基石，也是我们肩负起责任的前提。

2023 年 1 月 21 日

篇六　希望

这样的姿势

一

一个举起的姿势
是信念的支撑
拯救了
一个鲜活的生命

一个举起的姿势
展现着母性的光辉
拯救了
一个鲜活的生命

一个举起的姿势
是力量的潜在发挥
拯救了
一个鲜活的生命

一个举起的姿势
是境遇中极限的挑战
拯救了
一个鲜活的生命

二

是母亲的力量的展示

是希望之光的邀请

保持　保持

这样的举起的姿势

散发着

熠熠生辉的光芒

仰望着

希冀着

坚持着

等待着

三

内心的坚强

眼中的执着

脸庞没有一颗泪珠

暴风雨

一次又一次

冲刷着

液位线慢慢地上涨

冷静的思考

睿智的抉择

举起的姿势

篇六　希望

保证着生命的延续

四

时间在嘀嗒嘀嗒地流逝

一秒　一分　一小时

在等待中

坚持着

无法预料

生命的时刻

会停在哪一秒……

五

雕塑出举起

这样的姿势

扣人心弦的力量

在无声地显现

母爱的崇高与伟大

尽在　尽在不言中……

2021 年 7 月 31 日

一眼万年

——赠任铁卫

一

佛曰：
是前世的德
造就着今世的缘
让我们相遇　钟情
牵手至今

回望
相遇的笨拙　羞涩
钟情于你
需要多大的勇气
坚定并深信着

二

曾对别人说
吃粥配咸菜
亦无怨无悔
只要彼此深爱
在风里
在雨里

篇六　希望

又有何惧

三

平凡的日子里
散发着人间烟火的气息
并肩于林间
碧绿　青绿
草绿　蓝绿
还有
粉色　红色
黄色　蓝色
透明色
铺满了整个
山坡　天空　人间
还有　还有
那潺潺的流水
吟唱的鸟语
配乐于耳畔

岁月静好于此刻
回眸一笑间已数年

2023 年 11 月 21 日

希望的力量

一

在了无星光的夜里
我
如一叶扁舟
随波逐流
不再仰望那高悬的月亮

惆怅　缠绕　惆怅
寂寞复寂寞

悲伤也蹑着脚走了过来
同欢喜对峙　打擂
天空突然下起了雨
一切停止　恢复了平静
淅淅沥沥的雨
登上了场　成了主角
没有对手的雨
甚感寂寞
着急地止住了脚步

金燕缓缓飞来

传达着使命

重整着装

掌舵向目标起航……

二

在万念俱灰的时刻

了无生趣的小草

闷闷的　踮起脚

看着远方　天空

叹息着

不知道春天

何时来

落寞　缠绕　落寞

寂寥复寂寥

春姑娘悄然而至

下达着任务

小草

须覆盖荒漠

明了其目标

充满力量

迁移　繁衍　成长

怒放其生命

一道道亮丽的风景线

由此诞生　展现……

三

在困顿的时刻

遥望星空

吹拂着阵阵清风

送走了缠绕于心的烦恼

迎来了泛着希望之光的冷静

刹那间

醍醐灌顶

回归于清醒

充满力量

扬帆　起航……

2021 年 4 月 19 日

诗雨芬芳的由来

零

是源于荷

是源于内心深深的感触

是源于年少的悸动

是源于内心最初的感动

执笔

化成清丽的诗篇

留下来过的痕迹

一

意念在心中萌芽

在执笔欲望的驱使下

在灵感的光顾下

初成　再

反复修改　删节

悄然面世

二

简单生活

淡泊明志

宁静致远

一如

葱莲

在山间静静绽放

如荷

出淤泥而不染

如铿锵玫瑰

自信　坚强

如梅

香自苦寒来

三

是失去的感触

是幸福的感悟

忽然间

明了

篇六　希望

这一切的一切
只是成长和爱
应付的代价

一如　我
笔耕不辍
只为
喜欢　爱好
寄托
愿倾其时间和精力
去栽下一棵
充满希望
阳光　乐观的诗
树

历经春秋冬夏
历经风雨锤炼

或许
会静静绽放

或许

还须饮
雨露风霜
历练成长

四
"路漫漫其修远兮
吾将上下而求索"

我
孤寂地行走于
诗的空间

期待
与远方的你
不期而遇

2021 年 3 月 25 日

篇六 希望

朋友，请你勇敢

朋友　请你勇敢

朋友

人生路

并非笔直　不可望见

多少荆棘　坎坷

暗藏其中

朋友

在面对磨难时

在身陷困境时

希望你不懦弱

可以想象

海燕在穿过暴风雨时

要面对什么

被黑暗暂时笼罩着

风雨交加　电闪雷鸣

依然勇敢地穿越

朋友　你说

意志　能力经受不了

外在的考验吗

不

相信我们

相信自己

因为有颗太阳

照耀着心中的每个角落

因为有束希望之光

在烛照着　指引着

我们前进　前进

或许　你尚未发现

在调整自己的时候

在需要肩膀的时候

在需要倾诉的时候

有个人如冬日暖阳般

在守候着你

篇六　希望

当回忆往事的时候
当白发苍苍的时候
不因虚度年华而悔恨
不因碌碌无为而羞愧

朋友，请你勇敢

乌云在太阳升起后
渐渐消散
考验　磨难在勇敢的面前
将溃不成军

朋友　你看
勇敢在向你招手
想与你结伴

朋友　无须犹豫
请你勇敢

2021 年 1 月 9 日

人生没有如果

一

如果
能早日卸下
这层层铠甲

如果
能早日卸下
这层层伪装

也许就会早些
过得轻松惬意

人生没有如果
过程是历练　　是成长
是收获的前提

二

如果
我们没有相遇
也许
就不会收获苦涩的甜蜜

如果
我们没有相遇
又何来

今日的聚散依依

如果
我们没有相遇
那或许
是缘分的安排
也是天意

人生没有如果
因此　今日
我们倍加珍惜
拥有的

三
如果
我是山涧的一缕清风
是不是可以
无忧无虑　欣赏风景
从清晨到日暮

如果
我是山涧的一条小溪
是不是可以
静静流淌　无关方向
自由奔放

如果
我是天空中的一片云

是不是可以
四处游荡　　随心所欲
云卷云舒

人生没有如果
但可以
放飞自我
自由想象

人生没有如果
但可以
简单生活
无欲无求

人生没有如果
只应
勇往直前
全力奋斗

人生没有如果
只能
勇敢面对生活
静观庭前花开花落

2020 年 7 月 13 日

篇六　希望

葱莲

假如　我是山中的那株葱莲
任其风吹雨打
自生自长
肆意绽放

也不失为
是对洒脱自由的一种向往
是对烦琐生活的一种逃离

待雨过天晴
回归生活
仍　笑看人生

2019 年 9 月 23 日

风雨彩虹

是考验
是失误
陷入迷雾

是坚持
是执着
穿过荆棘
迈过坎坷
模糊着逐渐看到了
希望之光
忽然风雨交加
风雨席卷摧残
不灭的是
那颗不屈服的心

期待
雨后的阳光
雨后绚丽的彩虹

2020 年 10 月 22 日

篇六 希望

195

孩子，你是否心怀梦想？

孩子　你是否心怀梦想？
如果你心怀梦想，母亲想用文字的
力量
唤醒你那颗沉睡的心
你说：我能做到吗？

孩子　你是否心怀梦想？
如果你心怀梦想
请你规划好自己的人生
制定好计划　并步步脚踏实地

孩子　你是否心怀梦想？
如果你心怀梦想　请你保持自信
谦卑　勤奋　努力的品质
保持好健康的身体
因为这是你的母体
是你努力奋斗的基石

孩子　你是否心怀梦想？

如果你心怀梦想
请你在自己的黄金时光里尽情奋斗
请你展翅翱翔　书写无悔的人生

孩子，我看到了
看到了你努力的样子
欣慰得泪如泉涌
不能自已
努力的人，心在海洋
已扬帆起航……

2023 年 12 月 10 日

篇七

感恩

一路呵护
一路成长
心怀感恩
让我们把孝心
付诸实际行动中

父亲节

一

感谢您含辛茹苦

养育我们

培养出一朵朵铿锵玫瑰

感谢您谆谆教诲

教导我们

成为一个个自强不息的人

一路呵护

一路成长

心怀感恩

让我们把孝心

付诸实际行动中

在这重要的时刻

真心恭祝

父亲　节日快乐

二

春夏秋冬
不断交替着
斗转星移
时光在流逝
在重要的日子里
在值得纪念的时刻
我双手合十
心中默念

父亲
节日快乐
时光流逝着
我们不以为意
请正视自己的内心
在平常
在此时　在此刻
我们做了些什么
又应该做些什么

父亲

篇七　感恩

清泉集
Qingquanji

相信我

相信我们

我们在指间流逝的时光里

已长大　懂事

为了我们

您和母亲付出了太多

让我们用余生的时光

好好孝敬您和母亲

父亲

在重要的日子里

在平常的时光里

愿您健康快乐

2020 年 6 月 18 日

朋友

—— 赠艳丽

缘分　让朋友
可遇而不可求
幸运的我
恰好拥有
感恩并珍惜

朋友
一路走来
我们相互鼓励　扶持
共同沐浴风雨
无畏无惧　勇往直前

感谢缘分
感谢命运
感谢有你
让我们在余生的时光
更加珍惜所拥有的一切
让我们在岁月的长河里
散发出自己的芬芳

2020 年 6 月

篇七

感恩

真情在我身边

当我踏上离别的车站
挥着手说再见　再见
伤感徘徊于心间
泪水情不自禁滴落
亲人离我已远
真情却在身边

当我的鼻血弄脏了洁白的手绢
一张纸巾及时出现
陌生人的善意
暖入心田
真情在我身边

当鼻血持续了三十分钟

手捂着鼻子

泪落腮边

关切话语入心间

真情在我身边

当列车渐渐停下

陌生人帮我把包送下

并嘱咐保重身体

由衷地说声"好人一生平安"

亲情不远

情在人间

真情在我身边

2000年6月

篇七 感恩

铿锵玫瑰

——赠志宏

命运给的考验
你给出一张完美的答卷

经历过风雨
蜕变　升华　定位
悄无声息
已成为一朵铿锵玫瑰
静静绽放

2020 年 6 月

我想

——赠 514 舍友

我想

我们成为一朵朵铿锵玫瑰

在茫茫人海中

找到自己的定位

散发着淡淡的花香

并静静绽放

我想

我们把最遥远的距离

化作最近的距离

可以网上面对面地聊天

互诉衷肠

我想

我们在上苍的安排下

做短暂的相聚后

又匆匆分离

一定有其深意

是让我们在余生里

思念彼此　怀念花季

2020 年 6 月

篇七 感恩

向往

向往着攀上云梯　踩在云端

向往着漫步雨中　恣意行走

向往着放下牵绊　畅享自由

2019 年 9 月 22 日

因为遇见

——赠苏老师

因为遇见你

雨纷纷　泪如雨

因为遇见你

重新学习　提升自己

因为遇见你

重拾勇气　拼搏进取

因为遇见你

花开四季　芬芳四溢

因为遇见你

执笔　挥洒诗意

因为遇见你

在诗的空间　绽放自己

因为遇见你

携手并进　共创奇迹

2020 年 11 月 30 日

篇七　感恩

你的光芒

一

你

犹如星辰般闪耀

培养着明日的希望

造就着未来的栋梁

你

站在讲台

熠熠生辉　散发光芒

传道授业解惑

你

和孩子们的相遇

乃是其前世修了百年

甚至千年的缘

才有幸

兑现今生六年的风雨陪伴

二

你

和孩子们一路走来

同欣赏

春暖花开

夏雨连绵

秋之丰硕

冬雪庄严

你的严厉　温暖

你的一颦一笑

一言一行

已在孩子们心田

生根发芽

如花般绽放

芬芳四溢

沁入心中的每一个角落

花开花落　缘聚缘散

心中万般不舍

不舍

尽管热泪盈眶

尽管想让时间停止于此刻

但又怎么能抵得过

抵得过

篇七　感恩

不管时光怎么流逝

你的光芒

早已照亮孩子们的心房

不管以后

奔向何方

心怀希望

或　改变成什么模样

你永远

都是孩子们心中

永不消失的光芒

三

在时光的长廊

在人生的途中

不知不觉

已数年

昔日的小溪

需奔向江河

再汇入海洋

你

依依不舍的目光

注视着

一如翱翔于天空的

鹰

徘徊回望

不舍飞向远方

终究

带着你

赋予的光芒

冲上云霄

展翅翱翔

注：7 月 13 日参加孩子们的毕业晚会，依依不舍的场面，感动得我热泪盈眶！执笔时，情不自禁潸然泪下！谨以此诗，献给用六年时间陪伴孩子们成长的西留养中心小学的张娟老师和各位老师！

2020 年 7 月 13 日

篇七 感恩

朋友 送你一个四季

——赠梁树坡

朋友

谈话间

突然想送你一首诗

左思右想后

决定

把漫山遍野的鲜花

停留在树梢上的蝉鸣

红于二月花的霜叶

还有那

轻盈飞舞的雪花

折叠成小船

随着流淌的小溪

邮寄给你

2023 年 11 月 20 日

忆金马 20 周年

——个人视角

初见

一辆车

载着我们

来到金马

看见的是一片黄土

再相逢

从安阳坐车过来

打车到金马

从车上下来时

崔主任帮我提着包

内心一阵温暖

仿佛

是回归于另一个家园

回忆起那一幕

至今还是热泪盈眶

篇七 感恩

215

回望

忆往昔艰苦岁月

汗水湿透衣背的场景

一直上演着

回望时刻　闪闪发光

一如你我微笑着

干劲十足的模样

是迈步于成长历程上的一个个阶梯

看今日风华正茂

是一个个决策的高瞻远瞩

是一步一个脚印的踏实肯干

是全体员工的团结一致

是向心力和凝聚力的淋漓体现

是追光而遇，沐光而行

铸就着成长历程上的一座座丰碑

憧憬可至　未来可期

形势变幻莫测

愿金马能源

行而不辍　未来可期

梦之愿
你　你们是否
也如我这般怀念
一起走过的岁月

总想在这个重要时刻
做点什么
写点什么
记录下我们曾经努力　奋斗的时光
我们力争上游不认输的模样

峥嵘岁月
如星辰般照耀着
我们长长的一生

2023 年 8 月 10 日

父亲　节日快乐

一

忆往昔时光

父亲开着车

送走了一个个子女

让其

展翅于远方

二

夜深人静时

雨水使劲地敲打着门窗

万里无云时

请记得你筑巢于天空

三

遥远的

嘘寒问暖

是否

缓解了思念

还是风中烟雨一片

枝丫的花

忧郁地

落下了一地的思念

又想卷土邮寄于

何方

四

出征在外的士兵

完成任务后

捧着碎了一地的思念

快马加鞭

归乡

五

暑期的当午

工人经受着炙烤

微笑着

工作

是不是心中怀揣着

儿女的梦

努力地奔赴

篇七 感恩

六

身为子女的我们

手捧着这沉重的

沉重的辛苦钱

坐在明亮的教室里

汲取着知识

此情此景

在某个城市的角落

在时光的坐标轴

延续着

延续着

2021 年 6 月 19 日

篇八

痛

痛
侵入骨髓
随着血液流动

有一种痛叫失去

有一种痛叫失去

失去后才想起珍惜

回首往事

回忆中全是你

挥之不去

你的声音在耳边萦绕

你的影子在身边围绕

思念越深越痛

才发现　什么最重要

才明了　什么可以抛

已走错　已失去

心中的想念　慢慢累积

心中的痛　慢慢堆积

刻骨铭心的爱

怎能忘记

你是我的一切

没有了你　生命不再有意义

没有了你　只剩下悲哀　痛苦和回忆

好想再拥有　已是海市蜃楼

读《来不及说爱你》小说后所写

2006 年 6 月

无言的爱情

曾想让你给我一个不伤心的理由

曾想让你还我快乐自由

无言的故事

默默忍受

虽然痛苦难过

也许自作自受

爱河决口

泪水难收

无言的爱情到了最后还是分手

伤心故事

不堪回首

任它随风飘走

爱河决口

心儿难收

无言的爱情到了最后还是分手

伤心往事

不堪回首

岁月请把它带走

2001年6月

放下

这一次我真的放下

心中已了无牵挂

满心的疲惫

满眼的泪花

让时间来慢慢平息它

希望多大

失望就多大

不许再装傻

忘了它

讨回自由

重新潇洒

这一次我真的放下

心中无牵无挂

满心的伤痕

满眼的泪花

让时光来冲淡它

爱有几分

恨就有几分

不值得留恋

忘记它

获取快乐

重新潇洒

2002 年 8 月

难受

找一个拒绝的理由

却不知如何开口

看着你失望的目光

知你心好痛

面对自己的沉默

心同你一样难受

并非想如此

想的怕是海市蜃楼

不敢开口　害怕悄悄溜走

伤痕累累的心

无力再承受

请它随风飘走

2002 年 8 月

篇八　痛

折磨

走在痛苦的边缘　思索
站在痛苦的尽头　想着
如何摆脱
摆脱痛苦　伤害的折磨

奔在伤害的道上　执着
刻在心中的伤痕　痛着
如何快乐
忘掉伤痛　眼泪的折磨

滑过脸庞的泪　滴落
流在心里的泪　滂沱
为何?
为何泪流成河?

2002 年 9 月

爱恨痛

爱深深藏在心中

爱而不得时

恨随之而生

爱有多深

恨就有多深

爱恨交织着

孕育出痛

痛

无声无息

直指心扉

痛

侵入骨髓

随着血液流动

痛

让人无法呼吸

让心血迹斑斑

2020 年 6 月

与爱有关

这一生

何其短暂

又漫长

有的缘

只是轻轻擦肩

有的缘

何其有幸

是牵手一生

洒脱的人们

认为

从相遇到错过

从拥有到失去

是缘分的罪过

于是

尘世间

上演着一个个与爱有关的故事

2020 年 6 月

朦胧路

青涩时的心动
褪去青涩迈向成熟的小径

回首时追忆　怀念
年少痴狂的心境

2020 年 6 月 11 日

云烟

一

是初次相遇的回眸

是闪烁期许的目光

是漫步旭园的小径

是牵手瞬间的冲动

是自以为是的决定

是雪花飞舞的轻盈

二

是重觅新生的瞬间

是牵手幸福的欢颜

是白头偕老的见证

是灵感光顾的佳境

是清泉牵手的历程

是真诚合作的行动

2023 年 12 月 10 日

影子

时而闪现

时而隐藏

时而萌芽

时而滋长

在梦里花落的时刻

在时光的角落

2023 年 12 月 9 日

篇八 痛

痛的来源

那一晚我把你交给他
那一晚我泪流满面
那是不是痛的来源
自问

或许是爱的空间太小
或许是抓得太紧

痛答：
放手就是解脱
应该学学落叶
学学雪花

于是
多年后
我学会了从容　潇洒

2023 年 12 月 10 日

所欠

你的一生没有什么遗憾吗？
是不是曾做过什么承诺？

漫天飞舞的雪花
在反思　在回忆

凛冽的风
呼呼地吹着

远方的人
傻傻地站在时光的街头
执着地等待

2023 年 12 月

篇八

233

隐痛

怎样才能让

一颗心

无坚不摧？

总是在不停地受伤和修复

总会痛　悲伤　流泪

或许

也是在历练和成长

怎样才能蜕变

重新升华定位？

愿在细水长流的日子里

在清晨第一缕阳光中

在花香鸟语间

　找到答案

2020 年 9 月 10 日

余痛

你给的伤
在梦中仍痛
如鬼魅般存在
随取随用

或许是前世所欠
今生才还
或许是历练
还未修炼至不伤不痛

待脱俗　开悟
将　不会再痛

2020 年 10 月 10 日

篇八
痛

分手

想用温暖　善意　去感化……
怎奈早已渐行渐远

在这场棋逢对手的对弈中
你把话语权扔给了风
风儿时而温柔时而萧瑟
早忘了陪伴在身边的云

云在守候也想开口
却找不到理由
你的态度
如寒风呼呼刮着
直把水冷凝成冰

那温暖
已不能再融化
那片云
也即将飘远

或许

你是在闪躲　逃避

或许

你早已放下

淡如水

傻傻的我　却还

心急如焚

除了失望　无奈

还能说些什么

只能在心中怀念

昨日的　坚强的

自立的　自信的你

那曾散发的光芒

已丢失　丢失于迷惘的

逝去的时光里

心中夹杂着些许凉意

无语也无力

呐喊

亲爱的风啊亲爱的你

篇八
庙

请看一眼 看一眼

在这善变的世界里

存着的那份温暖

也请珍惜

勿让其等待得更久

或许到明日

就会和你分手

背道而驰

不再回头

或许在等待中

已彻底伤透

分手　分手

自此以后

2020 年 12 月 29 日

沉睡的心

一

在去上班的途中
看见一个人在骑着电动车
玩手机

这种现象
总有人执意为之
可怕的是习以为常

这种现象
当不再是偶尔
而是随处可见
是多么令人无奈
而又难以接受

这种现象
在持续发生
是多么无奈
而又悲痛

篇八庙

因为隐患潜伏于无形中
潜伏于一举一动中
潜伏于嘀嗒的每一秒中

二

沉睡的心
那撕心裂肺的一幕幕
怎么触动不了你的心弦？
这一声声的警钟
怎么敲不进你的心中？

你没看到
年迈的父母眼中殷切的期望
妻儿眼中闪烁着的盼望

你没听到
贤惠的妻说：你若安好　才是晴天
年迈的父母在门口望眼欲穿

你的责任感呢
你的担当呢

在乌云里
在浓雾中

为何那束安全之光
驱散不了
你心中的迷雾
照不进你的心坎
难道　难道非要以身试险

那时方能醒悟
到那刻
已悔之晚矣

三

沉睡的心
你是不是不明了？
安全是拥有幸福的前提
是守候幸福的必要条件
是责任的体现

从迷雾中醒悟吧

篇八痛

241

亲人在期盼

好友在等待

看看搏击在暴风雨中的海燕

看看无畏无惧奋斗一线的勇士

而渺小的你

在做些什么？

沉睡的心啊

请醒来吧

如你已惭愧　醒悟

担上你的责任

披上你的战衣

如海燕

如勇士

为了自己　家人　生活

为了仅有一次的生命

为了体现生命价值

勇往直前地奋斗吧

2020 年 9 月 10 日

含蓄隽永

　　用文字记录生活的痕迹，是我一直想做而又未做到的，我蹉跎着、虚度着、挥霍着……此时，提起笔，也许尚未晚，做与想的距离有多大呢？也许是片刻，也许是几日、几年，乃至一生。

　　时间是我们想抓住而又抓不住的，它只属于珍惜的人，而珍惜的人也是寥寥无几。想抓住时间，但又总是有无数理由推托着，还自圆其说地安慰自己。也许是自己的决心不够大，也许是欠缺了勇气，也许是胆怯在作祟？又或许是欠缺了自信？我问着自己，也在努力拾起所欠缺的勇气、自信，去做好自己一直想做的事。

回忆 篇九

沉淀岁月，静守时光，那珍贵的记忆片
段，如钻石般，镶嵌于生命中……

童年

儿时的我，家里的生活是拮据的，氛围是温馨的，也切实感受到父母的爱，叛逆过、倔强过、委屈过…… 虽已如过眼云烟，但又历历在目。

趣事

童年的趣事可多了，吵架、打架的事也经常干。

想起有一次我拿着勺子，与弟弟吵架，不记得什么事了，最后委屈地哭了。

想起一次吃过晚饭，和妹妹一起上街转，到一家书店，看中了一本书，但发现自己的钱不够，还特别想要书，便信誓旦旦地说：言必行，行必果，明天一定把剩下的钱给你送过来。书店老板说：虽然不知道你说的什么意思，但是书真的不能拿走。最后我气呼呼地回家了。

那些日子一去不复返了。

那时的路，一下雨，特别泥泞，坑坑洼洼，难行至极；那时的人是最可爱的，那时发生的事是最有趣的。

追溯

一

记得有次，爸爸去县城进货。傍晚时分了，迟迟不见回来，妈妈和我们万分着急，后来跑去路口等。千等万等，终于看见爸爸了，我们飞快地跑去。原来车子轮胎没气了，整整一车的货，爸爸一个人，从魏城村拉到胡勇村。

二

有一次，妈妈在街上，爸爸去赶会了，夜里偶然听到妈妈问爸爸：中午吃饭没？爸爸答：不太饿，吃了个苹果。

日积月累，多年以后，见爸爸吃养胃丸，方懂。

三

上学时，爸爸会送我去安阳火车站，等我上车后，在车站待到天亮，再坐车回家；有时，夜里送我去鹤壁火车站，看我上车后，再开车回去。后来方知，一次送我上车后，爸爸回去时，发现车胎没气了，恰好碰到一位好心人，也来送孩子，跑了好远，到人家家里借了个气筒，打了气方才回家。

一个个记忆片段，植种于心田，永不消散。每每想之，心帘打开，沉甸甸的爱，让我泪如泉涌，并化作学习的动力，化作前进的勇气，化作一圈圈的年轮！

　　沉淀岁月，静守时光。那珍贵的记忆片段，如钻石般，镶嵌于生命中，熠熠生辉，并绽放出绚丽的生命之花，值得用一生感恩。

2021 年 6 月 19 日

母亲

母亲是笨拙的，从嫁给父亲以后，才开始慢慢学做家务活，才知道水烧开了是什么样、蒸馍的做法……

现实生活的窘迫与残酷，使母亲学会了做家务、带孩子……

过年时，母亲带我和妹妹去镇上买衣服。到店里，母亲挑选衣服，然后让我们试衣服。试完衣服后，再检查一遍是否有问题，没问题的话，再付钱。

没想到正在挑选衣服时，妹妹已经着急地跑了。

特别是冬天，母亲常给我打电话，再三嘱咐，一定要穿厚点，不要冻着腿了。因为以前我膝关节受过寒，严重时不能跑步，后来父亲带我去县里看好了。

母亲干什么活都特别慢，因为干得太仔细、太认真，失了分寸。母亲待我们是极好的，遇事明理，为妻贤惠，在我们心中她是一位伟大的母亲。

父亲

　　爷爷走得早，父亲和三个哥哥、一个姐姐，在奶奶拉扯下长大。

　　在我的记忆里，没有奶奶的影子，也没有照片，对奶奶的认识，仅仅停留在一个称呼上，内心渴望得到奶奶的爱，就像父亲渴望得到父爱一样。

　　在我们心中，父亲是万能的。迫于现实生活的需要，干家务活自不必说，做饭、炒菜也特别棒，木工瓦匠活也都会，最后又慢慢做起了小生意，我们的生活也渐渐改善了。

　　父亲是严厉的，对我们很严格，去别人家玩耍，看到别人家准备吃饭，必须回家。如果是贪玩、做错事，罚跪是父亲惩罚我们常用的招。

　　罚跪过、挨打过，也被训斥过，那时我特别怕父亲，虽然怨过，但从未恨过，也许是因为看到了父母的艰辛。对父亲而言，那何尝不是一种恨铁不成钢的爱，又何尝不是害怕寄予的希望变成幻影。

听说

听父母说，我的降临让父母感到初为人父母的喜悦，因此对我甚是疼爱，两个人轮流抱，甚至抱着吃饭。听母亲说，养我一个比养弟妹两个操的心还多。

妹妹出生后，我和弟弟还小，我比弟弟大两岁，比妹妹大五岁。家里做点小生意，听母亲说，妹妹基本上在床上躺了八个月。

有一次，母亲从坑上洗衣服回来，赶忙先去看妹妹，一到房间，看见床上没有，原来妹妹不知道什么时候 从床上掉到床下面了，并没哭，只是睡着了，也有可能是哭着哭着睡着了。

母亲心疼极了，从地上抱起妹妹，检查是否受伤了。看过后，发现头上有个包，母亲衣服也不晾了，一直陪着妹妹，待心情调整好，才又去干活。

还有一次，妹妹躺在床上一直哭，不知道原因。后来才知道，原来是妹妹一直躺在床上，脚后跟不停地在床上蹭，以至于脚后跟都磨出血丝，疼得哭了。父亲发现后赶紧抱着妹妹去卫生院，上些药包扎起来。

子女对父母来说，就像苍天赐的宝贝一样珍贵。

现在回想起母亲常说：你们三个人跟着我们也没享过福。我说：有爱的日子，就知足了；清苦的日子，也是幸福的！

篇九 回忆

因为内心的强大，胜过一切！吃过苦的孩子，更珍惜当下的幸福，同时在面对人生路上的困难时，不会害怕、不会气馁，迎难而上、勇往直前……

听说的时光，已经随风而散了；但又永远刻在心间，随着一丝丝白发的增添，闪闪发光地开出一朵朵岁月之花！

大桐树

记得老家院子里有一棵大桐树，很粗，一个人都抱不住，矗立在院子正中，后来翻盖房子时卖了。

记得有一次，父亲让我吃药，我不想吃，绕着大桐树跑。我在前面跑，父亲在后面追……

和小朋友们捉迷藏，有时悄悄地藏在树后面，他动我也动，跟着转圈，可有趣了。

放暑假了，有时不想出去散步，就围着大桐树转圈，嘴里数着一圈、两圈……

大桐树承载着我的快乐，也接纳着我的悲哀，当知道它被卖掉时，我心里空落落的，好像丢了一件珍贵的宝贝。

在大桐树下玩耍的日子，一去不复返了。

篇九
回忆

被盗

以前，不管是周末，还是长假，出去玩耍的机会不多，一般都是听话地在家看门。

有一次快过年时，到了腊月二十几，我家蒸馍，准确地说是几家一块蒸馍，互相帮忙。这天，父母没让我们看门，我们便放风似的出去玩儿了。下午回到家时，看见好多人，原来是家里被盗了。父母报了案，公安人员过来勘查现场，做笔录。最后贼也没抓到，此案不了了之了。父亲母亲虽然不高兴，但没半点责怪我们的意思，我们反倒很内疚。

还有一次是我放学后，回到家，察觉到父母有异样，问：怎么回事？父亲说：今儿家里被盗了，钱没丢多少，零钱被偷了，还把柜子里的衣服扔得到处都是，不怕贼偷，就怕贼惦记，家里只是做个小生意，就被惦记上了。

想不劳而获的贼呀，为什么不能靠自己的双手去赚取钱财呢？所谓"君子爱财，取之有道"。

第一次做饭

大约八岁时，爸妈去地里干农活了，我和弟弟妹妹在家里写作业。

傍晚时分，我尝试着做饭，熬点玉米粥。我先往盆里放入玉米面加少许水，搅成糊状，待锅里水沸腾时，倒入锅内慢慢熬，大约熬了三十分钟，做好了。

待到爸妈回来，吃到我做的饭，我心中惭愧至极。玉米面放少了，玉米粥变成玉米稀汤，但是爸爸吃得津津有味，也许是一种发自内心的喜悦——我家大姑娘学会做饭了。这也是对我的鼓励和肯定。

第一次做得不好，期待着下次做好。

给弟弟妹妹做饭

那天爸爸去赶集卖东西，中午放学后，我去妈妈那里拿了钥匙，带着弟弟妹妹回家。

到家后把火打开，坐锅倒水，熬了些玉米粥，因为当时只会做玉米粥。又拿了两个梨，去皮、切成片状，放入盘内，撒些白糖。待粥好了，给弟弟妹妹盛粥，然后配着白糖梨吃，吃完后用饭盒给妈妈盛了些粥，往小碟内放了些白糖梨，送去大街，让妈妈吃，然后带着弟弟妹妹上学。

小时候过得清苦，但是很幸福，也很知足。现在想来，那对自己何尝不是一种历练。

饭店老板娘

　　小时候不会做饭，爸爸去赶会时，每到中午，妈妈都会去对面饭店给我们买鸡蛋面。饭店老板娘特好，每次都做一大份，妈妈吃些，给我们三个再分三小碗，那时日子过得清苦，但也很幸福，心中至今仍感激老板娘。

　　有一次回家，听妈妈说，老板和老板娘离婚了，老板娘现在在帮儿子看孩子，同时还在一个小厂里做中午饭。天有不测风云，有一次老板娘去厂里做饭途中遭遇车祸。我听到此消息时，难过了许久许久，心里默默祈祷: 老板娘一路走好。

　　我们都看不到未来，只能活在当下，所以要珍惜现在，过好每一天！

奢望

来济源上学以后，我真正体会到了"独在异乡为异客"的感觉。

有一次老乡的妈妈来看他，带了好多好吃的零食，分给同宿舍的人吃，还把宿舍所有人的脏衣服都洗了。

看到同学的父母来学校探望，我非常羡慕，对我来说，这是一种奢望。因为家里做着小生意，父母还得照看弟弟和妹妹，根本没有时间来看我。

如梦如烟

有时，在某个瞬间，总会想起一些往事。

和初中好友在清晨沿着熟悉的小径，伴着鸟语花香一起去上学。或者和弟弟妹妹在庭院里做作业、玩耍嬉闹。还有那不是亲人胜似亲人的大娘，当爸爸妈妈不在家时，是大娘在夜里陪伴着我们，直至父母归来。

大娘对我们无微不至地照顾，永远铭记于心。

离开故乡，远行求学。在缘分的安排下，结识了一个个友好的同学。当我"历劫"时，姐姐如天使般降临到我身边，呵护我、关心我，让我明了，原来我是如此幸福！

因为生命历程中有你们；因为我已成为勇敢的海燕。因为心中已装满温暖、感动、幸福和勇气，所以不管以后，需要经历多大的风雨，也不畏惧！

往昔，记忆的点滴、美好的时光、幸福的瞬间，已如梦如烟般飘散，只留下淡淡的芬芳萦绕于心田！

2020 年 8 月 13 日

篇
九
回
忆

篇十

爱的忧伤

我们学会了爱，也在被爱着；
爱中忧伤也会随之而生……

爱的缺口

每一份爱中都透着淡淡的忧伤，每一份爱中都蕴藏着甜蜜的喜悦。

每个人都会爱，爱就像是完好的一堵墙上装上了窗户，打开后，可以接受阳光般的温暖，但也会迎来寒风刺骨的严冬。既然爱了，就在心里打开了缺口，那就是爱的缺口；既然爱了，就要学会接受和包容，接受爱的馈赠，包容爱的苦涩。

每一段爱情都有不同，但结局无外乎两种，在一起或分开。不管如何，既然爱了，就是人生路上缘分的收获。

那个夜晚

在毕业前一天的那个夜晚，聚餐后我们来到学校的大操场上。有的喝得微醺，有的酒量好没醉，有的酒不醉人人自醉。三三两两地躺在或坐在草地上，话别离，谈之前的趣事，在倒计时的时刻，该表白的表白，该和好的和好，曾经的矛盾都已随风而散。

我在那个夜晚许愿：在某个村庄，找一个深爱的人，牵手一生。

多年后，时常会想到那个夜晚、那个愿望。

现已如愿。

爱你是我难言的痛

一

你是一束光，温暖了整个世界，改变了爱的模样；你是一道惊雷，让爱深陷后，又挪开了脚步。

回忆昨日种种，无法相信你的绝情、冷漠，无奈潇洒回退。噩梦筑就，难以呼吸，逃离、再逃离，梦魇般相遇，退至无路可退，仍心冷至极。

我的失忆，你的救赎，共同营造了三年的美梦，如往事再现般的美好。心中的刺，隐隐作痛。前缘无法重续，化为泡影，终无法长相厮守。

命运的捉弄，受到打击后，记忆如电影般闪现于眼前，撕心裂肺的痛，重温！逃离、再逃离，无处遁形的爱，只能掩耳盗铃，自欺欺人；迟悟的爱，心痛不已！

最终屈服于内心的声音，温存的片刻时光，是一生最后的怀念，爱你、想你的声音在余生里一遍遍敲打着自己，迎着光，踩着云，去寻你；续前缘，伴今生，生死相依！

二

爱的降临，扰乱了我的脚步，美梦来去匆匆。放手，让心千疮百孔，摆不脱的噩梦，圈禁在工作中，不再相见。偶尔相遇，痛一遍遍敲打着受伤的心，机缘安排的美梦一场，温存于其中。

梦醒时分，心仍撕扯着痛，刻骨铭心。

抵不住内心疯狂的呼唤，最终向心臣服，向爱投降。春花秋月，弹指一挥间，片刻的相聚是最后的温暖、最后的依恋。爱你的声音随着你烟消云散，咫尺天涯！

篇十 爱的忧伤

爱的祝福

一

每个人的爱情都不同：有不期而遇的，有历经坎坷的，有从圆的起点回归于起点的，有分手后又相遇的，有从明媚春天走来的，有从炎炎夏季相识的，有从秋天收获的，有赏雪偶遇的。

这种种，只是爱的起点，融入生活，细水长流般磨合，削去棱角，方能行至水穷处，坐看云起时！

二

是岁月吹走了年少轻狂，让我们收获了成熟、爱情、幸福！

三

有人踮起脚望着，却看不到路的尽头，等待、守候远方的你；有的人耗尽一生，在生命最后一刻，仍面带微笑，只为守护最初爱的誓言，无怨无悔！

四

在情人节，愿孤单的你：在春的气息里，寻觅到所爱，感受被珍惜、呵护；在夏的蓬勃生机中，释放激情；在枫叶似火的秋天，沿路欣赏美丽的风景；在大雪纷飞的冬季，牵手听雪落下的声音……

愿相伴的人，在相守的时光里，慢品人间烟火色，闲观万事岁月长！

生活感悟

源于生活
源于灵感
源于向往
源于希望

心灵的宁静

　　总想回归心灵宁静的状态，那好像另一个时空，没有杂念，没有牵绊，如黑夜一般，没有了白天的吵闹、喧嚣，才能随意驰骋，自由放飞思绪，偶尔灵感会光顾，文思泉涌地记录下我的心路历程——成长痕迹、爱与忧伤。

自由的资本

总会感动，总会不自觉流泪，总会想家，总会向往那份我内心的渴望——自由，不再为生活奔波，拥有自由的资本。

我在努力，在奋斗，为了那份心之向往的自由，为了那份能随时回家探望父母的自由， 为了那份能随时随心而去做自己喜欢的事的自由，为了那份魂牵梦绕放飞理想的自由……

当我工作累了，心情不好时，当我有烦恼时，当生活中有难题时，想到自己的目标，瞬间就拥有了力量，前进……

因为我要努力，努力地去拥有自由的资本。

或许在自己拥有自由时，已经是退休的年纪，但是努力的过程闪闪发光，照亮了未来的路。这条路是充实的、无怨无悔的、自豪的。回首人生，我不会因虚度年华而悔恨，不会因碌碌无为而感到羞愧！

母亲的身份

总是控制不住自己的情绪，特别是给孩子辅导时，经常会火气上蹿，瞬间失控；当冷静下来，就会后悔，但又屡次犯，怎么都改不了。

淡定是这么难做到的吗？我扪心自问，寻找原因，难道是因为母亲的身份吗？

如果是因为母亲的身份所致，那是望子成龙的心在牵引着我的情绪，是气愤战胜了理智。归根结底，还是拥有母亲身份的我，没有那份平和的心态、淡定的心境。

我要改正、完善自我，为拥有平和的心态、淡定的心境而改变，为做一个真正的好母亲而改变。

美丽的心情

今天下午，我把床上的用品都拿去洗了，换上了那套购买了六年多，但一直没有用的床上用品。

被罩和枕套上的图案是花团锦簇，一朵朵娇艳欲滴的粉色花、紫色花，一片片绿叶簇在一起，形成了一幅争奇斗艳的花团锦簇美景，特别是紫花的花蕊，很诱人，让我的心情非常愉悦。

生活中有时候一件事、一句话就可以让人改变心情。希望愉悦的心情常伴你我。

勤能补拙

人贵有自知之明，上学至今，我一直知道自己不够聪慧，但坚信"勤能补拙"，所以一直努力地学习，只想着无愧于父母的良苦用心，无愧于老师的谆谆教诲，无愧于自己的勤奋，无怨无悔地活着。

做简单的自己

内心的满足、知足最可贵了，不攀比，不羡慕，不嫉妒，做清苦的自己，做孤独的自己，做简单的自己。

放下所有的杂念与牵绊，做心清目明、简简单单的自己。

我要做，一定要做好，并且只做简单的自己。

闲逛

今天送孩子去英语班后，开着车到大张，因为是周末，担心停车场没车位，决定将车停在店铺前的车位上。到路东边店铺前没找到，就往前开了一段，才找到了停车位。停好车，拿着包走到前面，才发现好多停车位，自己怎么就没看到？光想着店铺前肯定有车位，没想到路边内侧有好多车位，有那种思维定式的感觉。

到了大张，准备先到二楼逛一圈，毫无目的地闲逛着，心中甚是轻松、自由。逛到楼梯口，看见一副棉手套，肉粉色，跟我穿的棉衣很搭，带一圈花边，手套背面有一朵肉粉色的玫瑰花，甚是喜欢，拿起来爱不释手，那种感觉很奇妙，一问十五元，仅剩一副，就直接买了，这就是我闲逛的收获。

回家的冲动

一

今天休息，早上吃过饭，把孩子送到学校，去给孩子办医保卡，开着车，突然有种想回家的冲动，距离上次七月份回家已有半年之久了，深感自己不孝，也许是缘于今年生活有点拮据，但也该回去看看了。

不一会儿，到了办卡处，停好车，一看时间，才七点四十三分，没走几步，碰见一位老人，老人说：是不是办卡呀？我来了二十分了，大门没开，东门开了，走，咱们进去看看。到了东门，进门顺着楼梯上来，一看已开始排队了，我们赶紧加入排队行列，八点零五分时，上班的人过来了，约十分钟就办好了。

待开车到村里街边，就给爸妈打电话。爸妈刚吃过饭，妈妈以为有什么事，让爸爸和我说。我说：没事，就是突然想回家了。说着就不由自主地哭了。爸爸说：是不是和家人吵架了？我说：没有，什么事都没有。爸爸说：马上过年了，别来回跑了，快过年了，别和家人吵，好好相处。我说：知道了。就挂了电话。

晚上，妈妈不放心，又打来电话，说了两句，我便挂了。妈妈又回电说：白天没事吧？我说没事，聊了一会儿，结束了通话。我的一个想回家的冲动，让爸妈操心了。

二

有一次，下班了，开着车，望着前方无边无际的蓝天，有种疾驰在回家高速公路上的感觉，也许是源于思念、源于牵挂、源于期盼，才有了回家的冲动。

内心的谴责

一

大学时，我们宿舍得了奖，每人得了一条毛巾，心里很是欢喜。本答应给世宙了，可是她来拿时，我后悔了，没送给她。她一走，我心里开始难受了，为自己没做到"言必信，行必果"而自责，因为担心我们友情受到影响而后悔。我最好的朋友，你会原谅我吗？

二

我和书一是上中专时认识的，后来她去深圳打工了，我在上大学，因为她要参加成人自考，回来投奔我，我俩关系一直很好。

那天从宿舍出来打水，和同学说了一些话，不经意说起书一过来让我有点儿忙，但后来察觉到书一在我们身后，内心一直不安。不知道我亲爱的朋友是否伤心了？她是否会原谅我的言辞？

在这儿我真心、诚挚地向你道歉："朋友，请原谅我！"

三

妹妹在上大学时坐车来看我，那时我已参加工作。那天，我们去城里买衣服，在一家店里，我说了一句话：当老大真不好。弄不清当时为什么说了，也许是无心的言辞。当时，不知妹妹在意没，我别无他意。

作为姐姐，我自认为对弟、妹极为照顾。实际上做得如何，要看弟、妹的评价了。

四

那天傍晚，我们一家三口吃过饭后，开车去超市。

买完东西，结账后，我们一块去了停车场。通道被占了，堵得死死的，车子开不出去，前后一直有车。有人看到我们是要出去的，往前走走，让了让，让我们的车倒出去，赶紧让他儿子下车占车位。到前面我说：右拐出去。先生说：往前走就能出去。往前一走才发现前面没有路，试图走这条捷径的车全被堵住了。没办法，只好往后倒。并行的那辆车，也出不去，没法拐，地方太窄了，车主只能往后倒，腾地方。我们的车先掉头，往后倒，我下车看车况，指挥着：倒、倒、好、好。"好"字没说完，碰着后面的车了，旁边的车在等，后边的车在等，所有的车都在等，每个人都像热锅上的蚂蚁。来不及查看，我们就尴尬地走了。当时情况不允许通知车主，又害怕被讹上，所以没考虑也来不及考虑，就上车走了。

人走了，心里却一直不安，不知车主发现没。也无法预料后面发生的情况，又被别的车碰着没？当时情况不允许，是原因，但不是理由，更不是逃避责任的借口。事情无法重来，只剩下内心的谴责。

我发自内心地、诚挚地准备向那位车主道歉，却发现慌乱间、匆忙间，车牌号也没记，唯一补救的方式也没了。

虽然事情已经过去了，但在心里却永远过不去。

五

　　大罪过有法律制裁，小过错有道德约束。犯错逃不过内心的谴责。这也许是我记下这件事的目的——准确地说是给自己敲警钟吧。

转变

以前，每逢年前蒸馍时，就打电话说：爸爸，多蒸点，想吃你蒸的馍；现在打电话则会说：爸爸，少蒸些，够吃就行，别太累了。

人生没有如果

人生路上的每一个抉择，都是没有后悔余地的。

一天，同事问我：如果你没留在济源会怎么样呢？我说：人生没有如果，自己选择的路，就一定要勇往直前地走下去。曾经，我也幻想过，但是，人生没有如果……只有向前走，勇往直前地向前走，毫不犹豫地向前走……"

靠无可靠

　　庆幸每次下雪，正好赶上和丈夫一起上班，丈夫负责开车。今年下大雪时，丈夫恰好上夜班，只能自己开车，因此比往常开得格外小心。有依靠是好，当你靠无可靠时，只能靠自己。平常也要锻炼自己，这样才能在任何境遇、任何情况下，都能应付自如，游刃有余。

悟

在生活的考验中，沟坎难免，却也不惧。因为我们具备一种勇气——在哪儿跌倒，在哪儿爬起！因为我们具备一种气度——拿得起，放得下！因为我们具备一种态度——积极乐观的人生态度！

校景重现

梦

今天晚上给班主任刘老师发了微信，问事情，以至于在梦中又梦到了刘老师给我们在教室上课的情景；有时也会做这种梦，白天和同学打电话，晚上就会梦到；有时晚上梦到同学，白天就想给其打电话，问其是否安好。

校景重现的梦，不知道我的同学们做过没有，是否也如我这般思念你们呢？

缘

来自五湖四海的我们，因为缘分相聚在一起。时光匆匆，缘分尽时，便又各奔东西。

聚会时，人再也无法到齐，因为我们不再是无事缠身的单身了。有了伴侣，有了孩子，也必须担起自己的责任。

只可惜那岁月已匆匆远去……

但在我们心中留下了不可磨灭的印记！

等待与沉思

一生有多少时间用在等待呢？当时间在指尖流走，深感痛惜，已悔之晚矣！

每当晚上睡觉前，我会回顾一下今天的得失，想记录下来告诫自己、提醒自己，不要再重复犯同样的错误。

在生活中，有时必须去等待，有时等待却毫无意义；在等待中沉思，便有所悟，有所得，有所改进。

希望

一

去年夏天，我带着孩子和丈夫一起回娘家。第二天下午，爸爸骑着电动三轮车带着妈妈和我们去香寺水库，一路上经过南水北调大桥，一路上注意着风力发电的大线杆，一路上怀着一种期待：偶遇我的初中同学，虽然没碰上，但总怀着一种希望……

二

上学期期末考试，孩子的成绩还是让我失望了。虽然心中安慰自己，我尽力指导，孩子尽力去学，结果就无怨无悔了，但是还是有些失望。静思己过之后，觉得还得心怀希望去期待孩子，在这学期一定会取得令人满意的成绩！

为自己骄傲

一直认为靠自己是辛苦的，应该的。父母把我们抚养大，已经尽心尽力了，我们应该靠自己去打拼。直到参加工作才知道人间百态，才知道世事变化。当别人以艳羡的眼光打量我，我不骄傲；当别人以讽刺的话语刺探我，我不害怕；当受到委屈，我能坚强面对；当遇到挫折，我会越挫越勇。

别人只是别人，别人只是路人，干涉不了我，影响不了我，我要以"勇者"的角色，在五味杂陈的人生中，在机遇丛生的人生中，去乘风破浪、披荆斩棘，活出自己的那份精彩！相信自己，加油！为自己而骄傲！

角色

我们在自己的人生中扮演着什么样的角色？懦夫？还是勇者？是不安于现状，不畏自己的出身，不惧怕人生的变数，以积极的态度、阳光的心态、坚强的心，去乘风破浪、勇往直前地做一名勇者；还是屈从于命运的安排，悲天悯人，怨天尤人，知难而退，原地踏步，埋怨都是基因的错，而做一名懦夫？

谁都会为自己扮演的角色找出一个个理由和借口，但是与非、对与错是客观存在的，至少不会因人的主观意志而改变。懦夫与勇者都是自己的选择，怨不得旁人，更无权责怪父母。我们要有一颗感恩的心，去感激并报答父母的养育之恩；要有一颗坚强的心，去面对命运的不公，去接受人生的挑战；要有一颗勇敢的心，敢于做一名勇者，去披荆斩棘，去攻克一个个障碍，敢于争做命运之神的漏网之鱼，敢于经历黎明前的黑暗，自信满满地去迎接生命中胜利的曙光，去活出属于自己的芬芳！

想和做的距离

昨天，节目《超级演说家》上刘媛媛的《寒门贵子》的演讲，使我既热血沸腾，又热泪盈眶。

她所想所做的是我一直想做而未做到的，是我一直想活出的样子。她的演讲如当头一棒，把我敲醒了：蹉跎了多少年，荒废了多少时光，以至于到现在还未做到，因为想和做的距离好大，因为自己只想了，尚未尽全力去做。从现在，从此时此刻，应当竭尽全力去做，不遗余力去做；当白发苍苍时，当回忆往事时，不留遗憾，无愧于心，无怨无悔！

相聚的时光

心中的期盼催着我，五点半起床，洗漱、收拾、出发，透过车窗，欣赏着日出的变化、晨曦的美景，抚慰着内心的着急，归心似箭。

直到听着导航的声音，心中雀跃着，近了，快到了，一幕幕熟悉的场景，变成了现实，推开门，呼唤着父母、弟弟、弟妹，心中哽咽：岁月无情，父母的头上又添了许多白发，脸上又多了几道皱纹，弟弟的脚伤还未痊愈。忽然接到了妹妹的来电：姐，四十分钟后我们就到了。

午后阳光，似乎被感动了，驱散了冬日的寒冷，热情地温暖着我们。

孩子们追逐、打闹着，开心地玩耍，仿佛回到了我们的年少时光，父亲掌勺烧菜，一家人其乐融融地围着大桌子吃饭品茶，谈笑风生，聊着这几年的改变。此情此景，时隔多年。

饭后开车去商场，簇拥着父母，去添些衣物。相聚的时光，总是那么短暂，无力改变。不知不觉间，就到了分别时刻，我们依依不舍地拥抱，互道珍重！

饭菜飘香，家人闲坐，阳光正暖，纵然世间再多繁华，又如何比得上这一刻的珍贵？

注：因为疫情，三年了，我和弟弟、妹妹才相聚到一起，心中思绪万千……

喜悦·中秋·国庆

一

还记得 1998 年父亲送我上学的情景，那是我第一次远行。上车后，我们把行李放在座位上方的行李架上。快到站时，窗外连绵起伏的山何其壮观，此景从未见过。我抑制住喜悦，又不由得诧异，这是到了山区？

当火车减速停下，天色已晚，在我多次要求下，今年，父亲和母亲在国庆节来看我，心雀跃着、欢喜着、静候着……

在校时，我非常艳羡同学们的父母来探望。此时此境，这颗跳动的心，是喜悦的，是激动的，是幸福的……

我自认为，在人生的旅途中，自己一直非常清醒，感恩父母，从不任性，尽全力拼搏。

于是，才能自豪地、无愧于心地说：此生无悔！

相信最终的收获将是喜悦的！

二

今日是中秋和国庆相遇的时刻。

白天，举国欢庆，共祝愿祖国繁荣昌盛。

夜晚，品着月饼，欣赏花好月圆、良辰美景。

同祝福：心相连，家家团圆！

此时，有种错觉，仿佛时光停留于此刻。

我心中洋溢着喜悦，收获着幸福。

我想有个花园

一

我想有个花园，可以在清晨时分，闻着淡淡的花香，吟诵着喜欢的诗词，畅游在花的海洋；我想有个花园，可以在日暮时分，在亲手栽种的花草旁，一起欣赏天边的彩云，与日落媲美的美景；我想有个花园，可以在梦里，伴着溶溶月色，与花草仙子翩翩起舞；我想有个花园，可以邀请朋友，在花园里欣赏美景，秉烛夜谈，回忆年少的点滴，珍惜此刻美好时光；我想有个花园，可以拍下花渐渐绽放、吐露花蕊的过程，深呼吸，沁人心脾，闻香而至；我想有个花园，花可以在盛放时，把芳香洒向人间，陶冶心境，净化心情！

二

谁在幻想，是你吗？谁在憧憬，还是你吗？是我，是我想有个花园。

三

是谁，站在花海，心无杂念，心地纯净，静静地欣赏，云卷云舒。

四

佛曰：一花一世界，一叶一菩提。凡人之躯的我，又怎能走进你的时空？

还需时日，静静参悟！

生命的姿态

一

窗外的你，是如此美丽坚强！曾是春暖花开、夏日炎炎、秋风飒爽、冬雪圣洁的美景！

你依然在绽放，香气沁人。我，不由自主、轻轻地，向你走近，看见一只蜜蜂，在一亲芳泽，静静观赏，深深陶醉，这是生命的色彩、生命的姿态！

二

路旁的风景，是来自谁的手笔？造型美观，生机勃勃！你是不是也在悄悄地展示生命的姿态！

三

院中的花草，你的主人常常把你遗忘于脑后，请勿责怪；也请勿责怪浇灌之人，虽然经常逾越了你生命的水位，我已经狠狠地警告了他！

四

好懊悔、好心痛，院中的那棵无花果，由于我的笨拙，让它失去了生命；又移栽了一棵，望它有生命力，拥有合适的生命姿态！

五

　　远看，那绿油油的草坪，是刚下过雨吗？

　　我好像听见了你吱吱……生长的声音，想长高点，看远点，是否也在想象着、期盼着远方的风景？是否也在感激浇灌之人给予的生命滋养？

岁月静好

一

上午，阳光正好，你吹着笛，我看着书，不知不觉想放下书，伴着旋律，翩翩起舞。

二

在拥挤的人群中，回眸张望，看见了你款款向我走来。

三

午后，看见久违的阳光，沉醉于其中，感叹岁月静好！

四

在荷花苑，同学小聚时，我们被温柔的风轻轻地吹拂着，笑着聊天、打麻将。时光静静流淌，深感岁月静好！

五

国庆节陪着父母登王屋山，在天坛极顶，伴着云水禅心起舞，眉目含情、嘴角含笑，行云流水般在天地间自由旋转，飞扬。

六

我们在红尘中，在悠悠时光里，为了生计忙碌着，同时自己也不断充实着、幸福着、收获着！

七

我，撑着伞，在雨中漫步，听到了嘀嗒嘀嗒⋯⋯光阴流逝的声音。

八

你，微微颤抖着，是在哭，还是感动？怎会泪流满面？是在坚强、在奋斗、在勇往直前，也是在宣泄、在蜕变。在时光的长河里，经历着悲欢离合，品尝着人间百味，不负最美的年华！

青春里的时光啊，你已远走，我已苍老，依然感叹：岁月静好！

2020 年 10 月 29 日

当你老了

降临于世间，从嗷嗷待哺的娃娃，到如今的四十不惑。

无法忘记，逝去的时光里，父母为我们所付出的一切。

一

当你老了，头发白了，无须担忧，你有儿女，他们上街买菜，洗衣做饭，节日齐聚，笑声满堂！

二

子孙承欢膝下，是父母日夜的期盼；分布于各地，是生计所迫；理解和体谅，是家人一生的功课；无法言表，此情此生无法报答！

三

狂风呼呼刮着，想你们了，打个电话：爸妈，咱家那儿，是否也刮狂风，请勿出门；雨哗哗下着，想你们了，打个电话：爸妈，出门乘车一定要带雨具！

四

我想：飞去、飞去你们身边，遮挡风雨；我想：拥有瞬间转移的能力，在你们需要子女的时候，音落人到。做白日梦的我，想象着、期盼着天降其力！

当你老了，头发白了，走不动了，无须担忧，我们将陪伴于身边！

父母的余生，子女的责任！

后记

感谢妹妹、感谢师父、感谢小芳、感谢任先生，一路上有你们的支持和鼓励，一步一步走得踏实有力；感谢人生路上陪伴我成长的朋友和同学，感谢缘分，让我们在此生相遇，一路上历经风雨，一路上收获成熟、幸福和感恩；感谢苏老师及各位的默默付出，感谢梁树坡先生的指引。愿《清泉集》追光而遇，沐光而行，一路生花！